Le quatrième témoin

Rodolfo Felices Luna

LE QUATRIÈME TÉMOIN

Initiation à la lecture
de l'évangile de Jean

MÉDIASPAUL

Médiaspaul reconnaît l'aide financière du Gouvernement du Canada par l'entremise du Fonds du livre du Canada (FLC), du Conseil des Arts du Canada et de la Société de développement des entreprises culturelles du Québec (SODEC) pour ses activités d'édition.

Conseil des Arts du Canada — Canada Council for the Arts — Patrimoine canadien — Canadian Heritage — Société de développement des entreprises culturelles Québec

Catalogage avant publication de Bibliothèque et Archives nationales du Québec et Bibliothèque et Archives Canada

Luna, Rodolfo Felices, 1969-

Le quatrième témoin : initiation à la lecture de l'évangile de Jean

Comprend des réf. bibliogr.

ISBN 978-2-89420-858-8

1. Bible. N.T. Jean – Lecture. I. Titre.

BS2615.55.L86 2011 226.5'061 C2011-940327-7

Composition et mise en page : *Médiaspaul*

Maquette de la couverture : *Fabienne Prieur*

Illustration de la couverture : © *AKG-images, Pedro Berruguete, Saint Jean l'évangéliste.*

ISBN 978-2-89420-858 8

Dépôt légal — 3e trimestre 2011

Bibliothèque et Archives nationales du Québec
Bibliothèque et Archives Canada

 Médiaspaul
3965, boul. Henri-Bourassa Est
Montréal, QC, H1H 1L1 (Canada)
www.mediaspaul.qc.ca
mediaspaul@mediaspaul.qc.ca

Médiaspaul
48, rue du Four
75006 Paris (France)
distribution@mediaspaul.fr

Imprimé au Canada — Printed in Canada

AVANT-PROPOS

Si vous êtes comme la plupart des gens, vous n'avez probablement jamais lu un évangile du début à la fin. Pour les besoins du culte chrétien, on en lit des extraits les dimanches, mais pas de façon suivie et soutenue. Le calendrier liturgique possède sa logique propre, qui n'est pas d'ordre narratif. Cette habitude rituelle a laissé son empreinte sur la culture générale : on se souvient de tel miracle ou de telle parabole, mais on ne s'imagine guère que discours, miracles et paraboles sont sciemment agencés par un auteur pour donner forme à une intrigue particulière, qui donne sa couleur propre à chaque évangile. Sans trop nous en rendre compte, nous traitons souvent les évangiles comme des recueils d'anecdotes de la vie de Jésus de Nazareth. Nous pigeons du matériel ici et là, sans nous interroger sur le contexte narratif, voire sans prêter attention à l'évangéliste dont nous dépouillons ainsi l'œuvre. Derrière cette habitude généralisée se trouve répandu le préjugé que les évangiles sont simplement des biographies du Christ. Prélever une information dans tel ou tel évangile n'aurait aucune importance, puisque en fin de compte, les quatre évangiles contenus dans le Nouveau Testament chrétien diraient tous la même chose, à peu de mots près. Or, ce n'est pas le cas.

Si vous ouvrez une Bible et que vous comparez les récits de Matthieu, Marc, Luc et Jean, je vous garantis quelques surprises. En effet, les évangiles divergent sous de nombreux aspects. Marc et Jean ne racontent pas la naissance de Jésus ; Matthieu et Luc ne donnent pas les mêmes ancêtres à Jésus dans leurs généalogies respectives ; d'un évangile à l'autre, Jésus ne dit guère la même chose du haut de la croix, et ainsi de suite. Considérez le récit de Noël, connu, chanté, illustré, mis en scène : l'étoile de Bethléem, les mages, le massacre des enfants et la fuite en Égypte se retrouvent uniquement en Matthieu ; le recensement, le voyage de Joseph et de Marie, la naissance de Jésus dans une crèche et les anges qui annoncent la nouvelle aux bergers se retrouvent uniquement en Luc. Notre beau récit de Noël populaire est le résultat d'une joyeuse fusion de deux histoires fort différentes. Vous ne me croyez pas ? Ouvrez une Bible ! Lisez ! Constatez par vous-même !

Nous avons tout intérêt à lire chaque évangile comme un récit autonome. Les évangélistes sont certes intéressés par les enseignements et les gestes de Jésus ; ils cherchent, oui, à en préserver la mémoire ; mais ils veulent aussi faire œuvre originale et présenter les souvenirs de façon à transmettre un message religieux aux personnes qui les lisent. Les évangélistes ne sont pas simplement des historiens qui rappellent les faits, ce sont des théologiens qui proposent une interprétation des traditions à leur communauté chrétienne. Très souvent, les différences d'un évangile à l'autre sont imputables au projet théologique de l'évangéliste. Nous n'avons pas un seul Jésus qui émergerait, identique, des quatre évangiles : nous avons Jésus *selon* Matthieu, *selon* Marc, *selon* Luc et *selon* Jean. Au lieu de *débattre* leurs points de vue de façon abstraite dans des traités savants, les évangélistes *racontent* Jésus chacun à sa façon. Et ils ne se gênent pas pour donner forme au matériel traditionnel avec une créativité franchement étonnante. Les évangélistes sont des bons conteurs. Nous gagnons à apprécier chacun pour ce qu'il a à nous offrir.

Pour bien apprécier chaque évangile, il faut donc faire abstraction momentanément des autres. Nous faisons fausse route lorsque nous tentons d'expliquer l'un grâce aux informations contenues dans l'autre. Si nous savons que Jean-Baptiste est le cousin de Jésus selon Luc 1, 36, nous aurons du mal à comprendre qu'il dise « je ne le connaissais pas » à propos dudit cousin dans Jean 1, 31.33. Mieux vaut consentir à se faire raconter Jésus de façon neuve, à partir du point de vue de chaque évangéliste, et suivre la logique propre à chaque récit. Nous en ressortirons peut-être pleins de questions au sujet des faits historiques, mais nous comprendrons mieux chaque récit et nous goûterons au parfum propre à chaque évangéliste.

Ce livre se veut un compagnon de lecture du quatrième évangile, selon saint Jean. Ce n'est pas une introduction technique à l'œuvre, ni un commentaire savant du texte, chapitre après chapitre, verset par verset. Ce livre vise à présenter l'évangile johannique du point de vue de la spiritualité qui s'en dégage. Il sera – je le souhaite –

éclairant, rafraîchissant et nourrissant. Il donnera peut-être le goût d'aller plus loin. Il suscitera sans doute des questions, tout en orientant lecteurs et lectrices vers une intelligence plus approfondie de la foi chrétienne. Il va sans dire que c'est *ma* lecture du récit qui se trouve imprimée sur ces pages. Bien que j'aie cherché à me renseigner convenablement et que je tâche de demeurer le plus fidèle possible à l'œuvre (il s'agit donc d'une lecture informée), d'autres lectures sont envisageables et souhaitables. En fait, chaque lecture ouvre une nouvelle dimension de l'évangile. Chaque lecteur, chaque lectrice, sont importants, car la lecture redonne vie à l'œuvre. Ce livre voudrait vous inspirer à réaliser votre propre lecture de l'évangile selon saint Jean.

Rodolfo Felices Luna

Chapitre 1

L'ÉVANGILE SPIRITUEL

Tout en affichant chacun leurs particularités, Matthieu, Marc et Luc possèdent des traits communs qui ont pour effet de mettre l'évangile de Jean de côté, à part des trois autres. Un premier trait commun est le plan littéraire, d'un point de vue à la fois géographique et chronologique. Si l'on fait abstraction des récits de naissance dans Mt 1—2 et Lc 1—2, les trois premiers évangiles partagent un même plan narratif :

	Matthieu	*Marc*	*Luc*
Prédication de Jean-Baptiste :	3, 1-12	1, 1-8	3, 1-20
Baptême de Jésus :	3, 13-17	1, 9-11	3, 21-38
Tentations au désert :	4, 1-11	1, 12-13	4, 1-13
Ministère en Galilée :	4, 12—20, 16	1, 14—9, 50	4, 14—9, 50
Voyage à Jérusalem :	20, 17-34	10, 1-52	9, 51—19, 27
Ministère à Jérusalem :	21, 1—25, 46	11, 1—13, 37	19, 28—21, 38
Arrestation, procès, exécution, ensevelissement :	26, 1—27, 66	14, 1—15, 47	22, 1—23, 56
Tombeau vide et apparitions :	28, 1-20	16, 1-20	24, 1-53

Outre ce plan narratif commun, de nombreux épisodes se retrouvent d'un évangile à l'autre : l'appel des premiers disciples au bord du lac, le rejet subi à Nazareth, la confession de Pierre à Césarée, la transfiguration, etc. La proportion élevée d'épisodes communs permet de lire les trois premiers évangiles de façon parallèle, en colonnes, en comparant les trois versions d'un seul coup d'œil : c'est pourquoi on appelle Matthieu, Marc et Luc les évangiles « synoptiques » (du grec *synopsis* = d'un coup d'œil). Par contre, si l'on s'avisait d'ajouter une quatrième colonne pour accommoder Jean, on aurait du mal à la remplir. En effet, Jean n'est pas un évangile « synoptique » : il n'offre pas le même plan narratif que les trois autres et il ne contient guère les mêmes épisodes. Si vous ouvrez votre Bible et que vous tentez l'expérience, vous chercherez en vain les tentations de Jésus au désert ou la transfiguration dans l'évangile de Jean. Jésus cueille ses premiers disciples dans le cercle de Jean-Baptiste, sur les rives du Jourdain, pas en Galilée, au bord du lac[1]. Par ailleurs, dans le quatrième évangile, vous trouverez non pas un, mais trois voyages de Jésus à Jérusalem[2] ! Certains épisodes johanniques sont célèbres : les noces de Cana[3], l'entretien de Jésus avec Nicodème au sujet de la nouvelle naissance[4], le dialogue avec la Samaritaine au bord du puits[5], la guérison de

[1] Jn 1, 35-39.
[2] Jn 2, 13 ; 5, 1 ; 7, 14.
[3] Jn 2, 1-11.
[4] Jn 3, 1-21.
[5] Jn 4, 1-42.

l'aveugle-né[6], la réanimation de Lazare[7], Thomas qui veut voir et toucher pour croire[8]. Or, justement, ce sont des épisodes apparaissant exclusivement dans le quatrième évangile. Les synoptiques n'en soufflent pas un mot. Difficile donc d'arrimer le récit johannique aux trois synoptiques, puisque son contenu et son plan s'avèrent assez uniques.

Les évangiles de Matthieu, Marc et Luc regorgent de personnages et contiennent beaucoup d'épisodes courts. À titre d'exemple, dans le seul premier chapitre de Marc, Jésus vit son baptême, éprouve les tentations au désert, appelle ses premiers disciples, guérit un possédé dans la synagogue de Capharnaüm, apaise la fièvre de la belle-mère de Pierre, prie à l'écart avant l'aube et guérit un lépreux. Jean, lui, consacre presque tout un chapitre à chacun des personnages suivants : Nicodème, la Samaritaine, l'aveugle-né, Lazare. Le quatrième évangéliste s'en tient à quelques épisodes, quelques personnages, et il développe davantage chaque épisode. De plus, Jean déploie son récit dans un cadre presque théâtral : souvent, un personnage s'entretient en tête-à-tête avec Jésus, à l'écart même des disciples ! Jean privilégie aussi le discours, plutôt que l'action. Une guérison, racontée en quelques versets à peine, devient prétexte à un débat, un discours ou un procès théologique : la guérison du paralytique[9] déclenche le discours sur l'œuvre du Fils et sa souveraineté sur le

[6] Jn 9, 1-41.
[7] Jn 11, 1-44.
[8] Jn 20, 24-29.
[9] Jn 5, 1-9.

sabbat juif[10] ; la multiplication des pains[11] donne lieu au discours sur le pain de vie[12] ; la guérison de l'aveugle-né[13] conduit à son procès devant les pharisiens[14], etc. Les évangiles synoptiques contiennent nombre de paraboles, mais Jean n'offre que deux allégories : celle du bon berger[15] et celle de la vigne et des sarments[16], toutes deux absentes des synoptiques.

Enfin, le vocabulaire, les propos et l'attitude générale de Jésus diffèrent considérablement entre la version de Jean et celle des synoptiques. Dans Matthieu, Marc et Luc, Jésus se plaît à multiplier les comparaisons pour faire comprendre aux foules et à ses disciples le mystère du « Royaume » ou du « Règne » de Dieu. C'est son sujet de prédilection. Dans Jean, Jésus ne mentionne ledit « Règne » ou « Royaume » de Dieu qu'à deux reprises rapprochées, lors de l'entretien avec Nicodème[17]. Les déclarations solennelles de Jésus dans le quatrième évangile concernent plutôt sa personne : « Je suis le pain vivant descendu du ciel » (Jn 6, 51), « Je suis la lumière du monde » (Jn 8, 12), « Je suis la porte des brebis » (Jn 10, 7), « Je suis le bon berger » (Jn 10, 13), « Je suis la résurrection » (Jn 11, 25), « Je suis le chemin, la vérité et la vie » (Jn 14, 6). Au lieu d'expliquer le « Royaume » ou le « Règne » de Dieu,

---

[10] Jn 5, 10-47.
[11] Jn 6, 1-15.
[12] Jn 6, 26-59.
[13] Jn 9, 1-7.
[14] Jn 9, 8-41.
[15] Jn 10, 1-18.
[16] Jn 15, 1-17.
[17] Jn 3, 3.5.

Jésus cherche à expliquer qui il est. Dans Jean, Jésus se révèle lui-même et il insiste sur la relation privilégiée qu'il entretient avec « son » Père, Dieu. De plus, dans Jean, Jésus adopte un ton qui peut paraître autoritaire, pour ne pas dire suffisant : lui seul sait d'où il vient et où il va[18], personne ne saurait le convaincre de péché[19], il déclare avoir vaincu le monde[20], il ordonne de laisser aller ses disciples lorsqu'il se laisse appréhender[21]. Dans Jean, Jésus ne parle pas comme un simple mortel, fût-il un maître, un sage ou un prophète ; il se présente, s'exprime et agit souverainement, comme Dieu en personne.

Ces différences remarquables entre le quatrième évangile et les trois premiers ont été observées très tôt dans l'histoire chrétienne. Déjà au IIe siècle, Clément d'Alexandrie les expliquait comme suit :

> Quant à Jean, le dernier, voyant que les choses corporelles avaient été exposées dans les évangiles, poussé par ses disciples et divinement inspiré par l'Esprit, il fit un évangile spirituel[22].

Clément considère que Matthieu, Marc et Luc ont consigné par écrit les « choses corporelles » concernant la vie de Jésus de Nazareth. Il voit donc les évangiles synoptiques comme des écrits plus factuels, rapportant le quotidien, les événements, les enseignements du maître. Les premiers évangiles s'occuperaient ainsi, selon lui,

---

18 Jn 8, 14.

19 Jn 8, 46.

20 Jn 16, 33.

21 Jn 18, 3-9.

22 Propos rapportés par Eusèbe de Césarée dans son *Histoire ecclésiastique* 6.14.7, rédigée au IVe siècle.

de ce qui est visible, patent, matériel, au sujet du Christ. Dans un sens, rien n'aurait pu être ajouté à ce niveau-là qui ne fût pas de l'ordre de la répétition. Clément affirme que l'originalité de Jean réside en ce que, « voyant » le travail bien accompli de ses prédécesseurs, ce dernier décide de rédiger un évangile d'un autre ordre, tout à fait différent, qu'il qualifie volontiers de « spirituel ». Clément est persuadé que ce travail original était nécessaire pour compléter celui des trois premiers. Cette nécessité s'est vue validée à la fois par la demande insistante des disciples de Jean et par l'assistance bienveillante de l'Esprit de Dieu tout au long de la rédaction de l'œuvre. Selon Clément, Jean percerait en quelque sorte le voile de la chair humaine pour nous dévoiler le sens profond des paroles, des événements et – surtout – pour nous faire pénétrer dans le mystère de la personne même de Jésus et mettre à jour la nature véritable de son œuvre salvifique. Grâce à l'inspiration reçue, Jean nous offrirait le récit de Jésus du point de vue de Dieu !

La perception de Clément a tôt fait de remporter l'adhésion de la chrétienté. C'était une façon élégante d'expliquer les différences notables entre le quatrième évangile et les trois premiers. Au lieu de disqualifier Jean pour avoir offert un témoignage non concordant avec les trois autres, Clément réussissait à mettre en valeur l'originalité de son œuvre et à la poser en complémentarité avec celle des synoptiques. Surtout, il rendait compte de la richesse du regard johannique sur la vie de Jésus de Nazareth. Jean s'est vu ainsi attribuer le titre de « Jean le théologien » dans les Églises d'Orient, puis son évangile est demeuré « l'évangile spirituel » dans la perception des croyants jusqu'à nos jours. Tour à tour, Origène d'Alexandrie, Augustin d'Hippone, Thomas d'Aquin – ces grands penseurs chrétiens – nous ont livré de fort belles pages au sujet du récit sublime de Jean. Dans l'iconographie chrétienne, on a fini par symboliser Jean l'évangéliste comme un aigle en plein vol, qui plane bien au-dessus de nos têtes, se rapproche du ciel et nous livre sa vision du mystère divin[23].

Cette perception de Clément, partagée par l'ensemble de la chrétienté, trouve appui dans certains propos du quatrième évangile. Par exemple, Jésus dit à ses disciples :

> C'est l'esprit qui vivifie, la chair ne sert de rien. Les paroles que je vous ai dites sont esprit et elles sont vie. (Jn 6, 63)

Jésus valorise ici la vie de l'esprit, dont la chair dépend, et non l'inverse. Cela sied bien à un évangile « spirituel ». Jésus annonce à ses disciples aussi la venue de l'Esprit de vérité sur eux :

> Quand il viendra, lui, l'Esprit de vérité, il vous guidera dans la vérité tout entière. (Jn 16, 13)

Seulement la venue de l'Esprit permet de percevoir l'ampleur de la vérité, qui demeure opaque à nos yeux autrement. Jésus dit même à Nicodème :

---

[23] Les quatre « vivants » qui flanquent le trône de Dieu dans Apocalypse 4, 7 ont été identifiés comme les quatre évangélistes par les lecteurs de l'antiquité chrétienne. L'identification qui est devenue classique voit en Jean l'aigle, en Matthieu, l'homme, en Marc, le lion et en Luc, le taureau.

> À moins de naître d'eau et d'Esprit, nul ne peut entrer dans le Royaume de Dieu. Ce qui est né de la chair est chair, ce qui est né de l'Esprit est esprit. Ne t'étonne pas si je t'ai dit : il vous faut naître d'en haut. Le vent souffle où il veut et tu entends sa voix, mais tu ne sais pas d'où il vient ni où il va. Ainsi en est-il de quiconque est né de l'Esprit. (Jn 3, 5-8)

Le Royaume de Dieu demeure inaccessible à moins de consentir à une nouvelle vision des choses, spirituelle, de l'intérieur. Au terme de la quête, le Père, le Fils et l'Esprit établiront une « demeure » chez le croyant, c'est-à-dire se trouveront bel et bien à l'intérieur de celui-ci :

> Si quelqu'un m'aime, il gardera ma parole, et mon Père l'aimera, et nous viendrons vers lui et nous nous ferons une demeure chez lui. (Jn 14, 23)

Les oppositions en haut/en bas et au dedans/au dehors dressent une hiérarchie de valeurs : le Christ vient d'en haut et il invite tous ceux d'en bas à naître d'en haut ; de même, c'est en dedans de soi que l'Esprit vient et nous dévoile le côté secret des choses, que les yeux rivés vers l'extérieur ne peuvent percevoir. Le « lieu » de la spiritualité johannique se trouve en haut et au dedans, pas en bas ou au dehors. Afin de parler de ce qui ne se voit pas bien avec les yeux de chair, Jean développe tout un vocabulaire symbolique, passablement absent des évangiles synoptiques. En tout cas, Jean emploie abondamment les vocables « lumière », « ténèbres », « pain », « eau », « vin », « sang », les verbes « voir », « entendre », « connaître », « naître », « élever », « aller/venir », « monter/descendre », « boire », « manger », etc., afin de faire résonner en nous l'écho d'un autre monde, censé être plus réel et plus déterminant que celui qui nous entoure à première vue. Autrement dit, Jean nous invite à ne pas nous contenter de superficialité et à vivre la réalité profonde des choses, celle qui est vraie, solide et digne de foi. Sans être un traité philosophique de métaphysique, le quatrième évangile ébauche une certaine mystique chrétienne. Pas étonnant que les grands mystiques chrétiens y aient trouvé leur inspiration.

Ce constat appelle un discernement. Nous serons déçus si nous approchons l'évangile « spirituel » en quête d'anecdotes historiques ou de détails factuels. Il y en a si peu ! Et nous serions mal avisés de prendre le récit de Jean à la lettre, sachant justement qu'il nous propose de creuser la réalité au lieu de s'attacher aux « signes » extérieurs. L'auteur lui-même nous avertit au sujet de ses intentions et de sa façon de procéder, à la fin de son ouvrage :

> Jésus a fait sous les yeux de ses disciples encore beaucoup d'autres signes, qui ne sont pas écrits dans ce livre. Ceux-là ont été mis par écrit, pour que vous croyiez que Jésus est le Christ, le Fils de Dieu, et pour qu'en croyant vous ayez la vie en son nom. (Jn 20, 30-31)

Jean avoue avoir sélectionné son matériel et l'avoir travaillé de telle sorte qu'il puisse susciter la foi en Jésus Christ, Fils de Dieu. Pour parvenir à la foi, inutile d'accumuler les indices : on n'aura jamais fini ; ce qui compte, c'est un certain regard sur certaines choses. Clément d'Alexandrie est d'avis que dans le cas de Jean, ce regard est formidablement bien placé, grâce à l'inspiration divine. Et toute la chrétienté a suivi son avis. À partir des traditions au sujet de la vie de Jésus, Jean l'évangéliste a rédigé des « signes » qui nous permettent de percer le mystère du Christ et de méditer sur la grâce qui nous est offerte par Dieu en la personne de son Envoyé du ciel.

L'épithète « spirituel » accolée au quatrième évangile ne devrait néanmoins pas nous induire en erreur. Il ne s'agit pas de disqualifier les évangiles synoptiques du point de vue de la spiritualité. Je vais l'écrire noir sur blanc : Matthieu, Marc et Luc, ce sont aussi des récits spirituels ; ils renferment tous des richesses théologiques, chacun à sa façon. Je dirais simplement que dans Jean, de par ses choix littéraires et son langage, l'intention spirituelle est passablement manifeste, relativement évidente ; tandis que dans les synoptiques, elle est à débusquer, à cerner derrière la factualité apparente des récits. Si Jean a remporté la palme de l'évangile « spirituel », c'est parce qu'il a voulu d'emblée afficher ainsi ses couleurs, ce qui n'empêche nullement que la spiritualité soit présente dans les autres évangiles. Il s'ensuit que pour quelqu'un qui voudrait une méditation ou une relecture spirituelle de la vie de Jésus, Jean serait le premier choix, parce que le plus direct. Le lecteur encore assoiffé saurait trouver par la suite l'eau vive dans les trois premiers, son esprit ayant été aiguisé à l'école de Jean[24].

---

[24] Inversement, le lecteur curieux d'en savoir le plus possible sur le Jésus historique devrait se tourner d'abord vers les évangiles synoptiques, sans que cela signifie qu'il n'y a pas d'historicité derrière le récit johannique, ou que les synoptiques livrent tel quel le Jésus de l'histoire. C'est une question de proportions ou d'accents choisis, pas une question de nature des récits.

Avant d'aller plus loin, je vous invite à réfléchir sur les questions suivantes : quel sens a pour vous le mot « spirituel » ? Qu'est-ce que vous cherchez dans l'évangile de Jean ? Êtes-vous prêt à ouvrir votre lecture de cet évangile à une autre dimension ? Qu'est-ce qui vous attire ou vous rebute dans cette œuvre, si vous en avez déjà entendu ou lu des extraits ? Auriez-vous envie de la parcourir du début à la fin ? Que comptez-vous y découvrir ? Le prochain chapitre nous permettra de mieux faire la connaissance de son auteur.

Chapitre 2

LE TÉMOIN

La tradition millénaire de l'Église attribue la paternité du quatrième évangile à Jean, fils de Zébédée, pêcheur galiléen[1], l'un des douze disciples appelés par le Christ[2]. Les plus anciennes copies manuscrites en papyrus ou parchemin, datant du IIe siècle de notre ère, portent l'inscription : « Selon Jean » ou « Évangile selon Jean ». Le texte du quatrième évangile est cependant rédigé à la troisième personne du singulier, de façon anonyme ; son auteur n'y parle pas au « je » ni ne s'identifie jamais formellement. On n'y trouve pas de phrase du genre : « Moi, Jean, fils de Zébédée et pêcheur de métier, disciple de Jésus de Nazareth, j'ai voulu consigner par écrit ces événements... » Cela contraste, par exemple, avec le livre de l'Apocalypse, où l'on lit : « Moi, Jean, votre frère et votre compagnon dans l'épreuve... » (Ap 1, 9) ou encore avec les lettres de Paul, où l'auteur tient à revendiquer le titre d'apôtre : « Paul, serviteur du Christ Jésus, apôtre

---

[1] Mt 4, 21-22 ; Mc 1, 19-20 ; Lc 5, 10.
[2] Mt 10, 2 ; Mc 3, 17 ; Lc 6, 14 ; Ac 1, 13.

par vocation... » (Rm 1, 1). Pour identifier l'auteur de l'évangile spirituel, l'Église ne peut s'appuyer que sur les témoignages anciens, sur la tradition extérieure au texte lui-même.

Le témoignage le plus direct et le plus ancien au sujet du quatrième évangéliste demeure sans conteste celui d'Irénée de Lyon. Dans son ouvrage *Contre les hérésies*, écrit vers 185 de notre ère, Irénée déclare que « Jean, le disciple du Seigneur, celui-là même qui avait reposé sur sa poitrine, publia lui aussi l'Évangile, tandis qu'il séjournait à Éphèse, en Asie » (*Contre les hérésies* 3.1.1). Irénée désigne le quatrième évangéliste du nom de Jean. Il identifie ce Jean comme le disciple du Christ ayant reposé sur sa poitrine lors de la dernière Cène[3]. Il rapporte que ce disciple aurait séjourné à Éphèse, en Asie mineure, où il aurait rédigé son œuvre. Remarquons tout de même qu'un siècle sépare la rédaction du quatrième évangile (vers 90) de cette identification par Irénée (vers 185).

Deux siècles plus tard qu'Irénée, Eusèbe de Césarée rédige la première « Histoire de l'Église ». Cet auteur du IVe siècle rassemble plusieurs témoignages anciens qui lui étaient parvenus au sujet du quatrième évangéliste. Eusèbe cite notamment Papias d'Hiérapolis, Polycrate d'Éphèse et Clément d'Alexandrie. Selon Eusèbe, Papias insiste sur la solidité des traditions, puisque lui-même tâchait, vers 130 de notre ère, de se renseigner le plus fidèlement possible auprès des témoins oculaires les plus anciens, dont Jean, le disciple du Seigneur. Polycrate,

[3] Jn 13, 23-26.

pour sa part, vers 198 de notre ère, vantait les mérites de la ville d'Éphèse, où seraient enterrés Philippe et Jean, les apôtres du Christ. Comme on l'a déjà vu au premier chapitre, Eusèbe rapporte aussi cette affirmation de Clément d'Alexandrie voulant que Jean ait rédigé un évangile spirituel à la demande de ses propres disciples et inspiré par l'Esprit.

Enfin, vers la fin de l'Antiquité et alors que l'empire romain d'Occident s'écroule au Ve siècle, Augustin d'Hippone scelle la réputation de Jean l'évangéliste par les mots suivants :

> Le lion, l'homme et le taureau marchent sur la terre ; aussi, les trois évangélistes se sont-ils appliqués surtout à rapporter les œuvres que le Christ a opérées dans la chair et les préceptes qu'il a laissés aux hommes de chair pour la conduite de leur vie mortelle, mais Jean vole comme l'aigle au dessus des nuages de l'infirmité humaine et contemple, du regard ferme et pénétrant de son cœur, la lumière de l'immuable Vérité. (*De l'accord des évangélistes* 1.6)

Le consensus ecclésial autour de Jean l'évangéliste est demeuré inchangé à travers le Moyen Âge et jusqu'à la modernité. Néanmoins, la maturation des sciences bibliques à la lumière du rationalisme et des recherches historiques a eu pour conséquence de briser ce consensus traditionnel. En effet, nombre d'exégètes, en étudiant de près le texte même du quatrième évangile, soulignent les difficultés d'une attribution hâtive de l'œuvre à Jean, fils de Zébédée, pêcheur galiléen et disciple de Jésus. Les observations suivantes ont contribué à contester la véracité de la tradition.

De prime abord, nous l'avons déjà souligné, l'auteur du quatrième évangile ne se nomme jamais. L'œuvre est rédigée à la troisième personne du singulier de façon anonyme. Le seul commentaire à la première personne du singulier arrive au tout dernier verset de l'évangile : « Il y a encore bien d'autres choses qu'a faites Jésus. Si on les mettait par écrit une à une, je pense que le monde lui-même ne suffirait pas à contenir les livres qu'on en écrirait. » (Jn 21, 25) Or, ce « je » anonyme ne nous est pas d'une grande aide, car il appartient à l'éditeur de l'œuvre, pas à l'auteur. En effet, dans l'avant-dernier verset, il nous confie que : « C'est ce disciple qui témoigne de ces faits et qui les a écrits, et nous savons que son témoignage est véridique. » (Jn 21, 24) L'éditeur « je » appartient à un groupe de témoins « nous » qui a compilé les faits écrits par « ce disciple » de Jésus. Le texte même du quatrième évangile nous apprend qu'il n'est pas d'une seule main : il est le fruit de l'expérience d'un disciple auteur et du travail d'un groupe de rédacteurs ou d'éditeurs.

Qui est ce disciple à l'origine de l'œuvre, auteur de celle-ci au sens large ? Malheureusement, il n'est jamais nommé de tout l'évangile ! Si nous remontons plus haut dans le texte, ce disciple auquel l'éditeur fait référence est déjà mentionné en Jean 21, 23 : « Le bruit se répandit alors chez les frères que ce disciple ne mourrait pas. » Ce disciple n'est identifié qu'en Jean 21, 20 comme « le disciple que Jésus aimait, celui-là même qui, durant le repas, s'était penché sur sa poitrine ». Ce disciple à l'origine du texte du quatrième évangile est donc « le disciple que Jésus aimait » et qui s'est penché sur la poitrine de Jésus au dernier repas pour demander le nom du traître[4]. Ce disciple que Jésus aimait figure encore à côté de la mère de Jésus, au pied de la croix[5]. Il apparaît courant aux côtés de Simon Pierre vers le tombeau vide au matin de Pâques[6]. Or, nous aurons beau éplucher de fond en comble l'évangile pour trouver le prénom du « disciple que Jésus aimait », il n'est pas donné de le savoir. D'aucuns soupçonnent sa présence lorsque l'évangéliste parle de « l'autre disciple » qui permet à Pierre d'entrer dans la cour de la résidence du grand prêtre[7] ou encore de « l'autre disciple » qui, avec André, est cédé par Jean-Baptiste à Jésus[8]. Les plus sceptiques prétendent qu'il s'agit d'un personnage fictif : une sorte de disciple idéalisé, mais dépourvu de fondement historique. Si c'était le cas, l'insistance de l'éditeur sur la fiabilité de son témoignage serait difficile à expliquer[9], tout comme le serait le scandale causé par son décès dans la communauté[10]. Même s'il est proposé comme modèle à suivre, mieux vaut considérer « le disciple que Jésus aimait » comme un homme en chair et en os, témoin de la première heure, que le groupe de rédacteurs et l'éditeur de l'évangile tiennent en très haute estime, proclamant son degré d'intimité avec Jésus par l'épithète louangeuse « que Jésus aimait ».

---

[4] Jn 13, 23-25.
[5] Jn 19, 25-27.
[6] Jn 20, 1-10.
[7] Jn 18, 15-16.
[8] Jn 1, 35-40.
[9] Jn 21, 24.
[10] Jn 21, 23.

Bref, l'auteur de l'évangile demeurant anonyme, les savants sont sceptiques aujourd'hui face à l'identification traditionnelle de celui-ci avec Jean, fils de Zébédée. Des considérations d'ordre spéculatif alimentent ce scepticisme. Pourquoi l'évangéliste tairait-il son nom s'il faisait partie du prestigieux cercle des Douze et que son témoignage oculaire était si important[11] ? L'évangile est rédigé en grec alors que la langue parlée par un pêcheur galiléen devait plutôt être l'araméen. Dans le récit, Jésus passe trois fois plus de temps à Jérusalem qu'en Galilée. L'évangéliste semble donc mieux connaître la Judée et la Ville sainte que sa supposée Galilée natale. Les fêtes juives et le droit juif tiennent une grande place dans les signes, les discours et les discussions du quatrième évangile, chose qui serait étonnante chez un villageois du nord. Et ainsi de suite. Dans la chasse ouverte aux prénoms de rechange, en quête de l'identité secrète du quatrième évangéliste, les noms de Thomas et de Lazare sont en lice. Thomas est le dernier disciple à bénéficier de l'apparition du Ressuscité : son « voir » doit se transformer en foi pour informer ceux qui n'auront pas vu[12], ce qui correspond assez bien au rôle de l'évangéliste témoin. Par contre, le disciple que Jésus aimait avait déjà cru en voyant le tombeau vide[13], ce qui cadre mal avec le scepticisme de Thomas. Lazare est le seul autre personnage dont il est dit que Jésus l'aimait[14], mais est-ce suffisant pour y voir l'auteur de l'évangile ? Ce

[11] Jn 19, 35.
[12] Jn 20, 24-28.
[13] Jn 20, 8.
[14] Jn 11, 3.5.11.35-36.

serait supposer que Jésus n'aimait qu'un seul disciple, alors que Jean 13, 1-5 souligne bien l'amour que le maître avait pour « les siens ». Ces exemples illustrent la fragilité de toute spéculation sur l'identité de l'auteur du quatrième évangile.

Les recherches modernes peuvent à juste titre remettre en question les acquis de la tradition, à partir d'une analyse serrée du texte évangélique. Néanmoins, elles ne peuvent pas fournir d'autre identité à Jean, fils de Zébédée, faute de renseignements suffisants et probants. Arrivons-nous alors dans un cul-de-sac ?

Il n'est pas nécessaire d'établir l'identité précise de l'auteur pour reconnaître en lui un témoin oculaire de la première heure, ayant côtoyé Jésus et les autres disciples. Il n'est pas nécessaire de connaître le petit nom d'un grand maître spirituel pour suivre ses enseignements. Il n'est pas nécessaire de parvenir à une certitude absolue sur la question, puisque de toute façon, nous savons si peu de choses à son sujet ! De quelle utilité nous serait l'exactitude de son prénom, si ce prénom ne nous introduit pas davantage dans le mystère de son expérience de Dieu et du Christ ? C'est pourquoi je vous propose de nous contenter du nom que deux mille ans de tradition chrétienne nous ont transmis : Jean, tout simplement.

En accord avec les multiples témoignages anciens, appelons « Jean » l'auteur du quatrième évangile, même si nous pouvons douter qu'il s'agisse du fils de Zébédée. Qu'importe ? Ce qui compte pour nous, c'est d'explorer et d'approfondir ce que l'auteur nous propose à l'aide de son héritage le plus précieux : le quatrième évangile canonique. Le fait demeure que l'évangéliste et son école nous ont laissé un bijou de spiritualité que nos plus anciens manuscrits sur papyrus titrent déjà « Selon Jean ».

Qu'est-ce que Jean l'évangéliste nous propose dans ce texte qui a fait son chemin jusque dans nos Bibles ? C'est un témoignage. À défaut de se nommer ou de réclamer le titre d'apôtre, Jean insiste sur sa qualité de témoin véridique :

> Celui qui a vu rend témoignage – son témoignage est véritable, et celui-là sait qu'il dit vrai – pour que vous aussi vous croyiez. (Jn 19, 35)

Voir et dire ce qu'il a vu, pour que nous croyions, tel est le but avoué de l'évangéliste. Il se présente donc avant tout comme un témoin, d'où le titre de ce chapitre dédié à sa personne. S'il ne nous a pas transmis son prénom, l'évangéliste revendique à pleines pages le privilège du témoin. Sans doute aurait-il souhaité qu'on se souvienne de lui à ce titre-là ! Je pense donc lui rendre justice en intitulant ce livre *Le quatrième témoin*. Jean emploie à trente-trois reprises le verbe « témoigner » et quatorze fois le mot « témoignage ». Par contraste, Matthieu et Luc n'emploient le verbe « témoigner » qu'une fois chacun ; quant au substantif « témoignage », Matthieu l'utilise trois fois, Marc, six et Luc, quatre fois. On voit bien que l'idée de porter témoignage est particulièrement chère à Jean. Mais sur quoi porte son témoignage, au juste ?

Ce n'est ni plus ni moins qu'un partage de son expérience de Dieu. Lors des échanges après la dernière Cène, Philippe demande à Jésus : « Seigneur, montre-nous le Père et cela nous suffit. » (Jn 14, 8) La requête de Philippe traduit la quête de tout disciple et de tout lecteur éventuel de l'évangile. Par-dessus tout, nous cherchons à entrer en relation avec le Dieu qui nous a faits : ce Dieu bienveillant et aimant que Jésus appelle « Père ». Or, Jean est on ne peut plus clair là-dessus : « Nul n'a jamais vu Dieu ; le Fils Unique-Engendré, qui est dans le sein du Père, lui, l'a fait connaître. » (Jn 1, 18) Chez Jean, l'expérience de Dieu comme Père se vit en rencontrant Jésus, le Fils. C'est pourquoi Jésus répond à Philippe : « Qui m'a vu a vu le Père. » (Jn 14, 9) En tant que Fils, Jésus est un avec le Père[15], de sorte qu'il est l'unique chemin qui conduit à l'expérience de Dieu[16]. Nous sommes donc invités par Jean l'évangéliste à faire la même demande que les Grecs qui montent à la fête : « Nous voulons voir Jésus. » (Jn 12, 21) Saint Jean n'a pas autre chose à nous montrer. Contempler Jésus, c'est contempler la gloire de Dieu[17]. C'est à cette expérience mystique que l'évangile spirituel nous convie. Les premiers disciples demandent à Jésus : « Maître, où demeures-tu ? » (Jn 1, 38) En guise d'invitation à la lecture de son œuvre, Jean l'évangéliste nous adresse la même réponse qu'aux tout premiers disciples de l'évangile : « Venez et voyez. » (Jn 1, 39)

Nous savons peu de choses, finalement, au sujet de l'auteur du quatrième évangile canonique. Le texte est anonyme. Un siècle sépare la rédaction du texte des premières identifications par les auteurs anciens. Bien que leurs attestations soient concordantes, les données du texte n'aident guère à appuyer l'identification traditionnelle,

---

[15] Jn 10, 30.
[16] Jn 14, 6.
[17] Jn 1, 14.

ce que soulignent nombre de commentateurs modernes. En fin de compte, nous sommes laissés devant l'œuvre et non devant l'auteur. Est-ce que ce constat vous laisse sur votre appétit ? Sans doute aimerions-nous en savoir plus à son sujet, mais nous devons accepter son effacement volontaire derrière son œuvre. C'est la qualité de son texte qui lui a valu la réputation d'avoir produit un évangile spirituel. Tournons-nous donc vers les mots du texte et contemplons ce que le *quatrième témoin* a à nous montrer.

Jean commence son texte par les mots suivants : « Au commencement était le Verbe... » (Jn 1, 1). Si vous le voulez bien, lisons, avant d'entamer le prochain chapitre, le prologue de l'évangile spirituel[18].

[18] Jn 1, 1-18.

Chapitre 3

LE VOYAGE D'UNE PAROLE

Les dix-huit premiers versets de l'évangile johannique[1] forment une sorte de prologue poétique qui sert d'introduction à l'œuvre. Il s'agit d'une pièce maîtresse, essentielle à la compréhension du récit qui, lui, débute concrètement en Jean 1, 19. Le prologue donne à l'avance de précieux renseignements au sujet de l'histoire racontée. Il résume à grands traits le drame qui va se produire sous nos yeux. En embrassant d'un seul regard le récit qui va suivre, non seulement le prologue fournit en quelques versets des clefs de lecture, mais il offre encore sur un plateau d'argent au lecteur l'orientation et le sens de l'œuvre au complet.

Au commencement

Les premiers mots du prologue sont : « Au commencement... » ; ils font allusion aux origines de la

[1] Jn 1, 1-18.

création. Les tout premiers mots de la Bible sont aussi « Au commencement... » (Gn 1, 1). En évoquant le récit de la Genèse, Jean prétend donner à la vie de Jésus de Nazareth l'ampleur et l'importance de l'histoire du monde ! L'évangéliste semble nous dire qu'il ne peut pas commencer un récit sur Jésus sans l'enraciner dans l'histoire cosmique. La dimension profonde, spirituelle, de la vie de Jésus épouse le dessein de Dieu pour sa création.

Ce qui existait déjà au commencement de tout, c'est bien évidemment Dieu. D'après la Bible, c'est lui qui a créé le monde. En lisant Genèse 1, 1—2, 4a, nous pouvons remarquer que Dieu crée le monde et tous les vivants par sa Parole, toute-puissante. Dieu dit et cela est. La Parole de Dieu est l'instrument qui fait advenir la création. Dieu « prononce » le nom des choses qui, dès lors, viennent à l'existence.

Le livre biblique des Proverbes ajoute à ce portrait des origines du monde que la Parole de Dieu reflète intelligence, savoir, prudence et sagesse. Dieu a bien fait les choses parce qu'il les connaît intimement. Dans un élan poétique, l'auteur du livre des Proverbes personnifie la sagesse de Dieu. Celle-ci devient alors la Sagesse, une « Dame » qui accompagne Dieu dans son travail créateur et qui par la suite « éclaire » les humains sur leur conduite[2].

D'autres auteurs bibliques ont repris ce thème de « Dame Sagesse ». On peut lire des passages semblables

---

[2] Pr 8, 1—9, 18.

dans le livre de Job 28, 1-28 et dans l'Ecclésiastique (ou Siracide ou Ben Sirac, selon les traductions) 24, 1-34.

Jean poursuit cette longue tradition poétique en disant « Au commencement était le Verbe » (Jn 1, 1). Certaines éditions préfèrent le féminin « Parole » et traduisent « Au commencement était la Parole ». Jean écrit son évangile en grec, la langue cultivée de son époque. En grec, le mot *logos* signifie « parole », « discours ». En français, nous détectons la racine grecque du concept dans les mots « logique », « logo », et dans le suffixe « -logie », présent dans le nom de nombreuses sciences (archéologie, biologie, géologie, zoologie, etc.). Jean s'en sert pour évoquer la Parole de Dieu, sa Sagesse ou son Verbe, son expression créatrice, une fois de plus personnifiée, à ses côtés ou tournée vers lui.

Tout en personnifiant la Parole de Dieu, Jean s'efforce de ne pas en faire une seconde divinité. Il n'existe pas deux dieux ou plus, car la Parole (de Dieu) se trouve au commencement auprès de Dieu, elle est même identifiée à son origine en Dieu : « Au commencement était la Parole, et la Parole était avec Dieu, et la Parole était Dieu. » (Jn 1, 1)

Jean reprend ensuite la personnification du Verbe divin pour décrire l'acte créateur : « Il [le Verbe] était au commencement auprès de Dieu. Tout fut par lui, et sans lui rien ne fut. » (Jn 1, 2-3) Le Verbe de Dieu a présidé à la création. Il est l'instrument privilégié par Dieu pour appeler le monde à l'existence. Rien de ce qui existe ne lui est inconnu, puisqu'il l'a fait. Le verset suivant rappelle que la création a débouché sur la parution de la vie sur terre et que cette vie terrestre est bonne comme la lumière du soleil, qu'elle (la vie !) éclaire le chemin des humains sur terre[3]. Enfin, Jean 1, 5 souligne que, dans l'acte créateur, la vie l'a emporté sur la mort, tout comme la lumière réussit à percer les ténèbres ou l'obscurité.

Bref, saint Jean commence son évangile en donnant sa version de la création du monde comme une victoire de Dieu sur la noirceur et la mort, grâce à sa Parole vivifiante, le Verbe. Dès le commencement, Dieu triomphe ! C'est de bon augure que de commencer un récit par une victoire éclatante, laissant présager une fin tout aussi heureuse...

Il y eut un témoin

Faisant un bond de géant dans l'histoire de l'univers, saint Jean l'évangéliste nous présente ensuite Jean-Baptiste (à ne pas confondre avec l'auteur de l'évangile !) comme le premier témoin de la « Lumière ». Il a été envoyé par Dieu pour désigner la « Lumière » de Dieu. Jean-Baptiste éclaire, sans être lui-même la « Lumière » de Dieu. Il éclaire tous ceux et celles qui acceptent son témoignage et deviennent croyants[4].

L'évangéliste avertit donc que mieux vaut entendre la parole de Jean-Baptiste, qui a un message essentiel à livrer de la part de Dieu. C'est Jean-Baptiste qui nous permettra d'identifier la « Lumière » que Dieu nous offre. Dès le prologue, saint Jean l'évangéliste prévient que

---

[3] Jn 1, 4.
[4] Jn 1, 6-8.

la parole ou le témoignage du Baptiste sont incontournables pour quiconque veut accueillir le don de Dieu. Voilà une première piste, qu'il nous faudra explorer plus en profondeur au cours du prochain chapitre. Si nous voulons suivre l'enseignement spirituel du quatrième évangéliste, il nous faut nous mettre à l'écoute de la parole d'un premier témoin, soit le personnage de Jean-Baptiste.

Bonne nouvelle :
la Lumière du Verbe vient éclairer le monde

Le prologue se poursuit en annonçant une formidable nouvelle : le Verbe créateur vient faire irruption dans le monde, tout comme la lumière perce l'obscurité[5]. Le quatrième évangile traite donc de l'incroyable voyage de la Parole de Dieu parmi nous. Au lieu d'écouter seulement les prophètes envoyés par Dieu, comme Jean-Baptiste, les humains ont désormais l'extraordinaire possibilité de se laisser éclairer par le Verbe de Dieu en personne ! Si la vie en elle-même nous parle déjà mystérieusement de la bonté du Dieu créateur[6], maintenant nous pouvons être instruits ouvertement par l'auteur de la vie : le Verbe de Dieu[7]. La Parole de Dieu n'est plus seulement un écho lointain dans la bouche des prophètes, elle voyage vers nous et se manifeste à l'humanité directement, comme un éclat de Lumière divine.

---

[5] Jn 1, 9.
[6] Jn 1, 4.
[7] Jn 1, 9.

La venue de la Lumière de Dieu dans le monde créé signale une nouvelle étape dans l'histoire cosmique. Le verset 1, 9 sert de pivot au prologue. Avant, la Lumière se trouvait auprès de Dieu, maintenant elle quitte Dieu pour venir nous rejoindre. Après l'apparition de la lumière physique, au tout début de la création, suit maintenant l'apparition d'une lumière toute spirituelle qui vient dans le monde : la Lumière du Verbe créateur. Selon saint Jean, une affirmation centrale de la foi chrétienne est donc que la Lumière de la Parole divine s'est présentée aux humains. Dès lors, cette illumination spirituelle venue de Dieu est accessible à tous les humains.

Le drame qui se joue

Tout comme l'apparition de la vie fut une bonne nouvelle pour le monde[8], l'apparition du Verbe lumineux aurait dû réjouir tout un chacun. Or tel n'a pas été le cas. Ainsi, après la « bonne nouvelle » de la venue du Verbe dans le monde[9], saint Jean l'évangéliste nous annonce immédiatement une « mauvaise nouvelle » : « Il était dans le monde, et le monde fut par lui, et le monde ne l'a pas reconnu. Il est venu chez lui, et les siens ne l'ont pas accueilli. » (Jn 1, 10-11) C'est une tragédie ! Le monde n'a pas reconnu son Verbe créateur ! Le monde a rejeté l'auteur même de sa vie... Comment cela est-il possible ? Nous comprendrons sûrement mieux plus tard, mais nous pouvons déjà avoir l'intuition que s'il nous

[8] Jn 1, 3-5.
[9] Jn 1, 9.

faut un témoin comme Jean-Baptiste pour le désigner, c'est que le Verbe-Lumière n'est pas immédiatement reconnaissable par tous. D'où l'importance de prêter attention au témoignage du Baptiste.

Heureusement, tout n'est pas perdu. En effet, saint Jean l'évangéliste dévoile une victoire mystérieuse du Verbe en dépit de son rejet par la majorité[10]. Certaines personnes l'ont accueilli, des personnes ouvertes et bien disposées qui ont reçu le pouvoir de devenir enfants de Dieu. En un sens, tout être vivant est « enfant de Dieu », puisque c'est Dieu qui donne la vie. Mais, dans un sens plus profond, saint Jean nous parle d'un « engendrement » spirituel des croyants par Dieu. Cette deuxième naissance échappe aux contraintes corporelles liées à la condition humaine. Elle n'est pas un processus naturel, visible, palpable, vérifiable scientifiquement, mais bien un changement invisible, de l'ordre de l'être, spirituel. Ce changement d'origine est rendu possible grâce à la venue du Verbe parmi nous, puisqu'il nous en offre le moyen. Les humains, terrestres, qui accueillent dans la foi le Verbe de Dieu désigné par Jean-Baptiste, son témoin, subissent un engendrement céleste et deviennent des créatures d'origine divine : des enfants de Dieu illuminés par sa Parole !

L'humanité se divise désormais entre ceux qui accueillent le Verbe de Dieu et ceux qui le rejettent, ceux qui veulent faire partie de la nouvelle création, spirituelle, et ceux qui restent rivés à la première, matérielle. Dès le prologue de son évangile, saint Jean esquisse le drame

---

[10] Jn 1, 3-5.

qu'il compte nous raconter dans le détail au cours des vingt et un chapitres de son œuvre. Le Verbe de Dieu vient nous illuminer, nous donner le pouvoir de devenir enfants de Dieu dans le sens le plus noble du terme. Étonnamment, plusieurs le rejettent et quelques-uns l'accueillent. Que choisirons-nous ? La suite du drame qui se joue sous nos yeux de lecteurs dépend en grande partie de nos choix.

Nous avons contemplé sa gloire

L'affirmation la plus frappante du prologue se trouve au verset suivant :

> Et le Verbe s'est fait chair
> Et il a campé parmi nous,
> Et nous avons contemplé sa gloire,
> Gloire qu'il tient du Père comme Unique-Engendré,
> Plein de grâce et de vérité.
> (Jn 1, 14)

Dans ce verset crucial, saint Jean affirme l'incarnation humaine du Verbe divin. La Parole de Dieu est devenue chair palpable, corps mortel, individu à connaître, semblable à nous, les humains. En soi, c'est une affirmation qui met notre logique au défi. Comment toute la Sagesse de Dieu pourrait-elle être concentrée en une seule personne ? Comment tout ce que Dieu a à nous dire pourrait-il être porté par un seul individu, et ce, pour l'ensemble de l'humanité ? La prétention est de taille !

Saint Jean n'explique jamais comment le Verbe est devenu humain. Il affirme, tout simplement, que sa présence au cœur de l'humanité fut comme un bref séjour sous une tente au désert : « Il a campé parmi nous. » L'évangéliste se déclare ensuite l'un des témoins de cette vie humaine du Verbe divin. Avec ses compagnons, saint Jean confesse avoir contemplé la gloire divine chez un humain. Voilà une autre prétention de taille !

Sous l'aspect humain, visible, du Verbe incarné, saint Jean dit avoir décelé l'éclat de la gloire divine. Il illustre la gloire contemplée en la comparant à l'air de famille tout spécial que tient un fils unique de son père. C'est une ressemblance unique, non partagée, un cadeau (une grâce) qui atteste la vérité du lien qui les unit. La personne humaine que saint Jean déclare avoir connu dégageait « un air de Dieu » si fort, qu'on eût dit qu'elle était le « Fils Unique » de Dieu. Voilà enfin le cœur de la foi johannique : un homme seul – Jésus – révèle pleinement et sans ambiguïté le Dieu qui a créé le monde[11].

L'identité du Verbe incarné

Pour appuyer ses dires, le quatrième évangéliste cite à nouveau le premier témoin à la barre : Jean-Baptiste. Témoignant en faveur du Verbe, le Baptiste disait que celui-là devait avoir préséance sur tous les prophètes de Dieu (Jean-Baptiste compris !). Venu après le Baptiste,

[11] Jn 1, 18.

le Verbe passe au premier rang et nous devons donc lui accorder toute notre attention, car, selon le plan de Dieu, il est en tête depuis les origines[12].

Saint Jean l'évangéliste nous confie avoir beaucoup reçu de ce Verbe incarné, plénitude de la révélation de Dieu. Il se dit inondé de l'amour de Dieu, qui a offert ses grâces les unes après les autres. Dieu nous a d'abord fait cadeau de sa Loi, par l'entremise de son prophète Moïse. Maintenant, par l'entremise de Jésus le Christ, il nous fait cadeau de la Vérité qui était à la source de cette Loi[13]. Les grâces de Dieu se succèdent et s'accumulent, elles ne se remplacent pas.

Saint Jean termine le prologue de son évangile par un contraste saisissant[14]. Il nous rappelle que nul humain ne peut voir Dieu de ses yeux mortels ; de sorte que nul humain ne saurait présenter Dieu adéquatement. Même les plus grands prophètes, comme Moïse ou Jean-Baptiste, n'ont jamais vu Dieu de leurs propres yeux. Leur connaissance de la volonté divine, même si elle est bonne et valable, reste néanmoins voilée de leur propre incapacité humaine à percer complètement le mystère de Dieu. Seul un Dieu peut révéler parfaitement Dieu ! Saint Jean suggère que cela s'est produit en Jésus Christ. En Jésus de Nazareth, contrairement aux prophètes venus avant lui, Dieu a pu se révéler pleinement aux humains, parce que Jésus est la Lumière, la Sagesse, la Parole, le Verbe de Dieu incarné ! Comme un Fils Unique blotti contre le sein de son Père, Jésus a tout vu et tout entendu

---

[12] Jn 1, 15.
[13] Jn 1, 16-17.
[14] Jn 1, 18.

de la bouche même de Dieu. Il est, dans sa personne même, et dans sa vie terrestre, à la fois message de l'amour total de Dieu pour nous et promesse d'une vie autre, faite des délices de la communion la plus intime qui soit avec le Père des vivants.

En tête était la Parole

Avant de commencer son évangile, saint Jean dépeint clairement qui est Jésus selon lui, le personnage principal de son récit. Il n'a par ailleurs mentionné son nom que dans un seul verset, situé vers la fin du prologue[15]. Néanmoins, la présence de Jésus se fait sentir tout au long des dix-huit versets de ce bel hymne. C'est de Jésus que l'auteur nous parle depuis « le commencement ». Il est présenté tour à tour comme « Parole » ou « Verbe », comme « Lumière » et comme « Fils Unique-Engendré », avant d'être nommé Jésus Christ. L'évangéliste a esquissé, pour nous, ses futurs lecteurs, l'odyssée de cette Parole de Dieu primordiale. Se trouvant auprès de Dieu, au commencement de tout et en tête de toutes choses, le Verbe divin nous a rejoints en chair et en os dans la personne humaine de Jésus Christ. Comme le ferait l'Unique Fils du Père des Cieux, il apporte la Lumière de Dieu, la grâce de la Vérité, la Vie sans fin à ceux et celles qui désirent ardemment devenir des enfants de Dieu.

[15] Jn 1, 17.

Pour saint Jean, il n'y a aucun doute possible : en tant que Parole de Dieu, Jésus est auprès de Dieu depuis toujours. Il est en tête du temps, du monde et des prophètes ; en tête de l'ancienne et de la nouvelle création. Quelle place ferons-nous dans nos vies à cette Parole venue de si loin ? Quel accueil réserverons-nous à la Lumière de Dieu brillant à travers la chair opaque et terrestre d'un Juif du Ier siècle de notre ère, Jésus ? Cela dépend entièrement de nous.

Chapitre 4

UN TÉMOIN OUVRE LE CHEMIN

Les premiers versets du récit évangélique proprement dit, après le prologue, sont consacrés à Jean-Baptiste. Le personnage avait déjà été présenté dans le prologue comme « un homme envoyé de Dieu » (Jn 1, 6). Son rôle de témoin avait alors été souligné trois fois en à peine deux versets[1]. Cette insistance est compréhensible si nous tenons compte de deux facteurs : Jean-Baptiste était arrivé avant Jésus sur la scène publique ; il était devenu extrêmement populaire. L'effort de saint Jean vise donc à le resituer comme précurseur du Messie : venu avant Jésus pour le présenter à Israël, il doit maintenant lui céder la place[2]. Dans le quatrième évangile, c'est Jean-Baptiste qui présente Jésus comme le chemin à suivre. C'est Jean-Baptiste qui suggère à ses propres disciples de suivre plutôt Jésus !

Qui est Jean-Baptiste ?

Le récit johannique débute abruptement, après le prologue : « Et voici quel fut le témoignage de Jean,

---

[1] Jn 1, 7-8.
[2] Jn 1, 15.

quand les Juifs lui envoyèrent de Jérusalem des prêtres et des lévites pour lui demander : “Qui es-tu ?” » (Jn 1, 19) Le décor n’est pas campé, le temps n’est pas précisé, les personnages ne sont pas mis en scène, l’action n’a pas vraiment commencé, mais Jean l’évangéliste s’empresse de nous faire part du témoignage du Baptiste. Celui-ci nie être le Christ, Élie ou encore « le prophète » (Jn 1, 20-21). Cette triple négation illustre à quel point les attentes messianiques étaient diversifiées au temps de Jésus.

Le peuple attendait, bien sûr, un roi libérateur à l’image de David, dont il devrait être le descendant, selon la promesse de Dieu[3]. Jean-Baptiste serait-il ce roi davidique, le Christ ?

Comme le prophète Élie avait été emporté au ciel par un char de feu[4], certains s’attendaient à ce qu’il revienne avant le jour du jugement final par Yahvé[5]. Jean-Baptiste serait-il le prophète Élie revenu sur terre ?

Plus grand encore qu’Élie, Moïse était considéré comme *le* prophète par excellence : celui à l’aune duquel tous les autres prophètes étaient mesurés. Le livre du Deutéronome souligne l’intimité des entretiens de Moïse avec Dieu et le nombre de signes et de prodiges faits de sa main :

> Il ne s’est plus levé en Israël de prophète pareil à Moïse, lui que Yahvé connaissait face à face. Que de signes et de prodiges Yahvé lui fit accomplir au pays d’Égypte, contre Pharaon, tous ses serviteurs et tout son pays ! (Dt 34, 10-11)

[3] Voir 2 S 7 ; Is 7, 14 ; 9, 1-6.
[4] 2 R 2, 11.
[5] Voir Ml 3, 23 ; Mt 17, 10-11.

Le peuple d'Israël espérait qu'un jour Dieu suscite à nouveau un prophète comme Moïse, dont l'enseignement et les miracles égaleraient ceux de l'Exode : « Je leur susciterai, du milieu de leurs frères, un prophète semblable à toi, je mettrai mes paroles dans sa bouche et il leur dira tout ce que je lui ordonnerai. » (Dt 18, 18) Jean-Baptiste serait-il *le* prophète tant attendu ?

Par trois fois, Jean-Baptiste avoue ne pas être le Christ : « Il confessa, il ne nia pas, il confessa » (Jn 1, 20). Il ne se reconnaît pas non plus dans l'image d'Élie revenu sur terre, ni dans celle de prophète comme Moïse[6]. Jean-Baptiste dit ne pas correspondre aux attentes de son peuple ! Découragés, voire exaspérés, les Pharisiens, envoyés de Jérusalem s'enquérir sur ses activités et sur ses prétentions, lui demandent une déclaration positive en bonne et due forme[7].

Pour rendre compte de sa vocation, Jean-Baptiste cite le livre du prophète Isaïe (40, 3) : il se perçoit comme une voix qui crie dans le désert pour préparer la voie au Seigneur d'Israël. D'emblée, Jean-Baptiste se présente comme un précurseur, envoyé devant celui qui doit venir et qu'on attend. Interrogé alors sur la raison d'être de son baptême[8], Jean-Baptiste oriente encore vers celui qui doit venir. Son baptême est un rite préparatoire dans l'eau. Mais ce n'est qu'une préparation. Celui qui doit venir se tient déjà parmi la foule, encore sous le couvert de l'anonymat. Pourtant, c'est de cet inconnu-là que les

[6] Jn 1, 21.
[7] Jn 1, 22.
[8] Jn 1, 25.

Pharisiens devraient s'occuper, de l'avis de Jean-Baptiste, puisque c'est lui qui répondra aux attentes d'Israël[9].

Les toutes premières paroles de Jean-Baptiste renvoient donc à quelqu'un de plus grand que lui, dont la première caractéristique est qu'il demeure inconnu des siens. Voilà comment le personnage de Jean-Baptiste est rendu sous la plume de saint Jean : comme le petit familier qui annonce le grand mystérieux qui vient.

Les deux Baptistes

La deuxième prise de parole de Jean-Baptiste a lieu le lendemain de sa confession, par la négative : « Je ne suis pas le Christ, ni Élie, ni le Prophète. » Cette fois-ci, ce n'est pas devant les Pharisiens de Jérusalem, mais bel et bien devant tout le peuple qu'il rend son témoignage. En voyant Jésus venir à lui, Jean-Baptiste l'identifie tout haut comme « l'Élu » de Dieu[10], « l'Agneau » de Dieu[11], celui qui enlève le péché du monde (Jn 1, 29), celui sur lequel l'Esprit descend et demeure[12], celui enfin qui baptise avec l'Esprit Saint[13]. Chacun des éléments de son témoignage mérite qu'on s'y attarde.

Le discours de Jean-Baptiste culmine avec la déclaration solennelle suivante : « Et moi j'ai vu et j'ai témoigné

---

[9] Jn 1, 26-28.
[10] Jn 1, 34.
[11] Jn 1, 29.
[12] Jn 1, 32-33.
[13] Jn 1, 33.

que celui-ci est l'Élu de Dieu. » (Jn 1, 34)[14] Jean-Baptiste met tout le poids de sa réputation dans cette identification de Jésus comme celui qu'Israël attend avec impatience et que Dieu leur envoie enfin. Cette façon générale de nommer Jésus comme l'Élu de Dieu permet à Jean de donner réponse à toutes les attentes de son peuple. En tant qu'Élu de Dieu, Jésus est à la fois le Christ issu de la lignée de David, le nouvel Élie, descendu du ciel, et le prophète des derniers temps qui fera de grands prodiges comme Moïse. En Jésus, tous seront servis !

Le discours de Jean-Baptiste commence cependant avec une désignation un peu moins claire : « Voici l'Agneau de Dieu, qui enlève le péché du monde. »

---

[14] La *Traduction Œcuménique de la Bible*, la *Bible en français courant* et la *Bible – Nouvelle Traduction* lisent « le Fils de Dieu » en lieu et place de « l'Élu de Dieu ». Alors que *La Bible de Jérusalem* et la *Bible* traduite par É. Osty et J. Trinquet adoptent la lecture « l'Élu de Dieu ». La raison d'être de cette divergence réside dans les manuscrits. La majorité d'entre eux affiche le titre « Fils de Dieu », mais une minorité ancienne affiche « Élu de Dieu ». Impossible d'identifier à coup sûr la version originale. À cause du nombre, de la qualité et de la diversité d'origine de manuscrits présentant le titre « Fils de Dieu » à cet endroit, la *Traduction Œcuménique de la Bible*, la *Bible en français courant* et la *Bible – Nouvelle Traduction* l'acceptent ; mais certains spécialistes argumentent, non sans raison, que c'est plus probable que les copistes aient voulu « améliorer » le texte en adoptant le titre « Fils de Dieu », présent ailleurs dans le quatrième évangile et présent aussi dans les récits du baptême des évangiles synoptiques (Marc, Matthieu et Luc). On ne voit pas pourquoi quelqu'un aurait changé le beau titre « Fils de Dieu » pour le plus vague « Élu de Dieu ». C'est pourquoi « Élu de Dieu » serait selon certains le titre le plus ancien à cette place du texte. En critique textuelle (science exégétique visant à établir le texte le plus sûr), on se laisse souvent guider par le principe suivant : *lectio difficilior potior* ou « la leçon difficile est la première », puisqu'on présume que les scribes cherchent à faciliter la lecture et l'interprétation du texte, pas à l'obscurcir. Avec le temps, les copies manuscrites s'harmonisent et deviennent plus claires. Le texte le plus obscur ou le plus difficile à comprendre risque donc d'être le plus ancien, le plus original. Dans ce cas-ci, ce serait « l'Élu de Dieu ».

(Jn 1, 29) Pourquoi Jésus serait-il un agneau ? De quel type d'agneau s'agit-il ? Comment un agneau pourrait-il « enlever le péché du monde » ? Il est difficile de trouver une réponse pleinement satisfaisante à ces questions. Dans le livre du Lévitique (16, 20-22), un bouc est chargé des fautes du peuple et envoyé au désert (le fameux « bouc émissaire ») comme rite de purification au Jour des Expiations ; mais il s'agit d'un bouc, pas d'un agneau. Isaïe 52, 13—53, 12 fait le portrait du Serviteur de Yahvé qui, « comme l'agneau qui se laisse mener à l'abattoir », n'ouvre pas la bouche (53, 7), alors qu'il porte sur lui les souffrances et les péchés du peuple (53, 4-5.11-12). Néanmoins, « porter » et « enlever » les péchés, ce n'est pas tout à fait la même chose. Enfin, il y a l'agneau pascal, qui est immolé et mangé par les Israélites la veille de leur délivrance d'Égypte, puis à chaque fête de ce « passage » ou Pâque[15] ; sauf qu'il n'y est jamais question de péché ou de souffrance, mais de protection et de libération, de fête et de joie. Peut-être saint Jean a-t-il voulu faire de « l'Agneau de Dieu qui enlève le péché du monde » une image synthèse de toutes ces traditions ? Dans le livre de l'Apocalypse, le Christ ressuscité est présenté comme l'Agneau victorieux, égorgé et vivant[16], chef des peuples[17] et vainqueur de la Bête et des forces du mal[18]. On voit bien que cet Agneau-là en mène large !

Je pense qu'on peut tabler sur la fonction de l'Agneau, qui est selon Jean d'« enlever le péché du

---

[15] Ex 12.
[16] Ap 5, 6-14.
[17] Ap 7, 17.
[18] Ap 17, 14.

monde » (Jn 1, 29), quel que soit l'arrière-plan traditionnel de cette figure. Cela coïncide avec cette autre fonction attribuée au Christ de « baptiser dans l'Esprit Saint » (Jn 1, 33). La venue de l'Élu mystérieux de Dieu (même Jean-Baptiste dit qu'il ne le connaissait pas[19] !) signifiera la fin du péché, la destruction du mal, la purification d'Israël grâce à la force de l'Esprit divin dont l'Élu sera investi. On se rappellera que le baptême est un rite de purification simulant la noyade du pécheur : la plongée dans le Jourdain vise à faire mourir le pécheur et à en faire surgir une nouvelle personne dévouée à Dieu[20]. Jean-Baptiste avertit les Pharisiens et les foules que son baptême dans l'eau n'est qu'un avant-goût de la purification radicale qui sera effectuée par l'Élu de Dieu, détenteur de l'Esprit. Après la noyade dans l'eau viendra le puissant vent ou le feu brûlant de l'Esprit de Dieu, qu'on se tienne pour avertis ! En fait, curieusement,

---

[19] Jean l'évangéliste ne connaît pas ou choisit d'ignorer le lien de parenté entre Jésus et Jean-Baptiste. Cette tradition vient en fait de l'évangile de Luc, où il est dit que la mère de Jésus était parente avec la mère de Jean-Baptiste (Lc 1, 36). Néanmoins, il est possible aussi que ce soit une création théologique de Luc, afin d'unir les destinées de Jean-Baptiste et de Jésus à la façon d'Ésaü et de Jacob (Gn 25, 21-23). Comme ce fut le cas pour les ancêtres patriarcaux, le premier cède sa place au second (Gn 25, 29-34). À la différence des ancêtres cependant, il n'y a pas de rivalité entre le premier et le second, mais une complicité qui se manifeste dès le sein maternel (comparer Gn 25, 22 avec Lc 1, 44). Quoi qu'il en soit, dans le quatrième évangile, Jésus est inconnu de Jean-Baptiste au moment où il se présente à lui sur les rives du Jourdain.

[20] En tant que rite de purification, le baptême de Jean fait concurrence aux ablutions traditionnelles et aux sacrifices accomplis dans le Temple de Jérusalem. Jean-Baptiste conteste prophétiquement la valeur de ce que le clergé fait à Jérusalem. Le succès de Jean-Baptiste inquiète les prêtres, qui envoient des émissaires enquêter sur ses prétentions. Plus loin dans l'évangile, une vive discussion éclatera parmi les disciples de Jean-Baptiste et d'autres juifs au sujet de la purification rituelle (Jn 3, 25).

Jean-Baptiste annonce un plus grand Baptiste que lui-même. Alors que Jean-Baptiste n'est qu'une voix criant dans le désert, le Baptiste à venir sera fort de l'Esprit de Dieu qui l'habitera en permanence. C'est au signe de la descente de l'Esprit que Jean-Baptiste reconnaît son successeur[21]. Or, pour Jean-Baptiste, son successeur n'est pas qu'un disciple ou un second par rapport au maître, mais bien celui qui le précède en dignité auprès du Seigneur[22]. Lorsque cessera le baptême de l'eau, préparatoire, le véritable baptême au vent brûlant de Dieu commencera.

Les premiers disciples

Le jour suivant, Jean-Baptiste réitère son témoignage à l'endroit de Jésus. Cette fois-ci, il est accompagné de deux disciples, qui comprennent le message et quittent leur maître pour suivre désormais Jésus[23]. Fidèle à sa mission de « pointeur » ou de « dépisteur », Jean-Baptiste invite ses propres disciples à suivre Jésus. Transmettant le flambeau de la foi, il réussit sa mission de témoin.

---

[21] Remarquez que saint Jean ne mentionne jamais le baptême de Jésus par Jean-Baptiste. Ce dernier voit Jésus venir à lui et il voit l'Esprit descendre et demeurer sur Jésus. Le silence de saint Jean sur le baptême de Jésus vise à mettre l'accent uniquement sur le témoignage de Jean-Baptiste. Voilà ce qui compte à ses yeux !

[22] Voilà sans doute aussi pourquoi Jean l'évangéliste omet le baptême de Jésus de son récit, car il veut souligner la préséance de Jésus sur Jean-Baptiste et il veut éviter de montrer Jésus soumis au baptême de son précurseur.

[23] Jn 1, 35-37.

L'inconnu a beau porter un nom, il n'est connu que du lecteur de l'évangile... tout au sujet de sa personne est empreint de mystère. Qui est-il ? D'où vient-il ? Pourquoi est-il là ? Où va-t-il ? Acceptant le témoignage de leur maître, les disciples de Jean-Baptiste s'avancent et suivent cet « Agneau de Dieu » désigné. C'est alors que Jésus prend la parole pour la première fois dans l'évangile et leur pose la question : « Que cherchez-vous ? » (Jn 1, 38)

La question doit être entendue à plusieurs niveaux de sens. De prime abord, elle exprime l'étonnement de Jésus d'être suivi par des inconnus, sans qu'il les ait appelés[24]. Cette question donne suite aux attentes juives exprimées par les Pharisiens de Jérusalem : cherchez-vous le Christ davidique ? Cherchez-vous Élie revenu sur terre ? Cherchez-vous un Prophète comme Moïse ? La question s'adresse également aux disciples de Jean-Baptiste en tant que « transfuges » : pourquoi avez-vous quitté votre maître ? Que cherchez-vous auprès de moi ? Savez-vous seulement ce que vous cherchez ? Enfin il y a le jeu littéraire du narrateur qui s'adresse directement au lecteur de l'évangile pour le questionner sur ce qu'il recherche dans sa lecture du récit... Que cherchons-nous, lecteurs, dans l'évangile de Jean ?

La réponse des premiers disciples a de quoi nous surprendre : « Rabbi – ce qui veut dire Maître – où demeures-tu ? » (Jn 1, 38) Les deux disciples de Jean-Baptiste reconnaissent un maître d'Israël en cet inconnu

[24] Il est à noter que dans la version johannique de la rencontre des premiers disciples avec Jésus, ce sont les disciples qui prennent l'initiative : Jésus ne les appelle pas. De plus, ils ne se trouvent pas en train de pêcher dans le lac de Galilée, comme en Marc, Matthieu et Luc, mais ils sont sur les rives du Jourdain, auprès de Jean-Baptiste.

et ils cherchent à être formés à son école, d'où leur besoin de connaître son lieu de résidence. Les deux disciples de Jean-Baptiste adoptent Jésus comme leur nouveau maître, devenant les premiers disciples de l'Agneau de Dieu. L'invitation qui leur est lancée par Jésus doit, elle aussi, être entendue à plusieurs niveaux de sens : « Venez et voyez ! » (Jn 1, 39) Il s'agit d'abord d'un bel accueil fait aux premiers disciples. Mais c'est aussi une invitation à la découverte : Jésus ne leur livre pas le « secret » du lieu où il demeure (le lecteur ne le saura pas non plus !) ; le nouveau maître les invite à faire leur propre chemin et à voir par eux-mêmes. C'est tout un style d'enseignement qui se profile dès la première rencontre et qui sera développé tout au long de l'évangile, lors de rencontres successives. Jésus ne se révèle que dans la mesure où l'on vient à lui et qu'on choisit d'ouvrir les yeux. L'invitation est aussi lancée au lecteur par le narrateur de l'évangile : voulez-vous connaître Jésus ? Venez et lisez ! Faites un bout de chemin et ouvrez grand les yeux !

L'évangéliste nous fait savoir qu'en suivant Jésus, les deux premiers disciples ont trouvé le lieu où il demeurait et qu'ils sont restés auprès de lui[25] (Jn 1, 39). En ne nommant pas le lieu où demeure Jésus, saint Jean nous pousse à chercher par nous-mêmes ; en soulignant que les premiers disciples l'ont eux-mêmes trouvé, il nous rassure : cela ne représente pas une mission impossible à réaliser. Dès le début de l'évangile, demeurer auprès

[25] Les disciples trouvent la demeure de Jésus et demeurent auprès de lui à la dixième heure, c'est-à-dire vers quatre heures de l'après-midi (puisque l'on compte à partir de six heures du matin, au lever du soleil). L'indication sert à suggérer que les disciples restent auprès de lui, car c'est la fin de leur « journée ».

de Jésus devient le but ultimement recherché. Loin de se contenter d'avoir trouvé la demeure de Jésus, les deux premiers disciples vont y conduire leurs connaissances. Dans les versets 1, 40-49, il y a une ébauche de cette chaîne de transmission, comme une sorte de cascade de rencontres. André trouve Pierre et l'amène à Jésus ; celui-ci appelle Philippe, qui trouve Nathanaël et l'amène à Jésus... Ainsi, le fait d'en conduire d'autres à Jésus fait partie de l'œuvre des disciples qui savent eux où il demeure. La quête du salut n'est pas un chemin qui nous isole les uns des autres. Bien au contraire, sur ce chemin que l'on doit parcourir soi-même (ce que personne ne saurait faire à notre place), on croise souvent des âmes sœurs. Le récit nous rappelle que le témoignage des autres nous interpelle et nous conduit à faire la rencontre du Sauveur. Jean-Baptiste représente le premier de cette chaîne de témoins, suivi de son disciple André, puis de Pierre, Philippe et Nathanaël... jusqu'à nous.

Le récit insiste aussi sur le dynamisme des disciples. Personne ne s'arrête pour de bon ! Tous se trouvent en mouvement, même après avoir trouvé le lieu où demeurait Jésus. La foi et la compréhension des disciples évoluent aussi en, à peine, quelques versets. Alors que les deux premiers disciples appellent Jésus seulement « Rabbi » (Jn 1, 38), André le présente à son frère Simon Pierre avec enthousiasme, de la façon suivante : « Nous avons trouvé le Messie ! » (Jn 1, 41) Philippe est encore plus éloquent : « Celui dont Moïse a écrit dans la Loi, ainsi que les prophètes, nous l'avons trouvé ! C'est Jésus, le fils de Joseph, de Nazareth. » (Jn 1, 45) Nathanaël peut bien être sceptique devant tant d'éloges :

« De Nazareth peut-il sortir quelque chose de bon ? » (Jn 1, 46) La réponse de Philippe face au scepticisme de son ami reprend l'invitation du maître : « Viens et vois ! » (Jn 1, 46)

La rencontre de Jésus et Nathanaël est mémorable[26]. Jésus lui fait un compliment : « Voici vraiment un Israélite sans détour », saluant l'authenticité du personnage. Nathanaël rétorque, impoli : « D'où me connais-tu ? », voulant dire : « Pour qui te prends-tu ? » Jésus lui révèle alors son secret personnel : il se trouvait sous le figuier, quand Philippe l'a interpellé. La soudaine conversion du sceptique a de quoi nous faire sourire : « Rabbi, tu es le Fils de Dieu, tu es le roi d'Israël. » C'est vrai qu'on attendait des prophètes qu'ils possèdent une connaissance presque surnaturelle de la réalité, étant censés s'entretenir directement avec Dieu. Néanmoins, Nathanaël est touché au plus vif de son être par la vision que Jésus a de lui. Le figuier est un arbre représentatif d'Israël ; l'image antique du bon Juif étudiant la Loi de Dieu sous le figuier capte l'essence même de Nathanaël. De là à proclamer Jésus roi d'Israël et Fils de Dieu, cela constitue quand même tout un revirement ! La confession de foi de Nathanaël couronne l'escalade des titres conférés à Jésus dans le premier chapitre de l'évangile. Le mystérieux rabbi, « Élu de Dieu », est désormais perçu par ses disciples comme celui qu'ils attendaient. Selon eux, Jésus est l'homme de la situation pour Israël : il est destiné à être reconnu Messie comme David, Prophète comme Élie et Moïse.

---

[26] Jn 1, 47-50.

La vision promise

Jusqu'à maintenant, Jésus n'a commenté aucune des confessions de foi de ses disciples. À présent, il déclare à Nathanaël : « Tu verras mieux encore. » (Jn 1, 50) Il élargit ensuite son observation à l'ensemble de ses disciples : « Vous verrez... » (Jn 1, 51). Pareille réponse implique que Jésus ne récuse pas la foi de ses disciples. Néanmoins, il la trouve nettement insuffisante. En dépit du florilège de compliments et de titres qui lui sont attribués, il considère qu'il n'est pas encore bien compris par ses disciples. Il leur faut mieux voir. C'est à cela que sert l'évangile ! Le premier chapitre est donc une invitation à faire le point sur ses croyances au sujet de Jésus et à se disposer à les dépasser. En cela, ce chapitre se révèle une excellente introduction à l'évangile. Mais n'a-t-on pas tout dit lorsqu'on proclame Jésus « Fils de Dieu » ? Comment pourrait-on aller plus loin ? Qu'est-ce qu'il reste à voir ? Jésus annonce une vision proprement apocalyptique à ceux qui voudront le suivre : ils verront « le ciel ouvert et les anges de Dieu monter et descendre au-dessus du Fils de l'homme » (Jn 1, 51).

La vision promise par Jésus s'inspire du songe de Jacob dans Genèse 28, 10-22 et de la vision de Daniel 7, 9-14. À Béthel, Jacob voit en rêve une échelle dressée entre la terre et le ciel ; les anges de Dieu y montaient et descendaient. Daniel, quant à lui, voit une figure humaine (« comme un fils d'homme ») qui s'avance vers Dieu et qui reçoit de lui la royauté et le pouvoir sur toutes les nations du monde. Je n'irai pas plus loin pour le moment dans l'explication de cette vision énigmatique promise par Jésus à ses disciples. Nous verrons en temps et lieu. Sans tout comprendre dans le détail, pour l'instant, il est clair que Jésus propose à ses disciples un dépassement et un approfondissement de leur foi. Saint Jean nous propose la même chose en nous offrant son évangile.

Comme les premiers disciples, nous sommes invités à nous approcher de Jésus et à le suivre de près, à voir où il « demeure ». Comme les premiers disciples, nous avons un préjugé favorable envers Jésus ; autrement, nous ne chercherions pas à lire un évangile. Jésus est-il pour nous un maître spirituel ou un prophète envoyé par Dieu ? Est-il pour nous le Fils de Dieu ? Quel sens donnons-nous à cette expression de foi ? Ce serait une bonne idée que de prendre le temps maintenant de faire le point sur notre façon de voir et de comprendre Jésus de Nazareth, comme les premiers disciples. D'une façon ou d'une autre, saint Jean nous promet que nous « verrons mieux » à la fin de notre lecture... Il nous promet un cheminement signifiant, une croissance spirituelle jusqu'à la vision promise par Jésus. Qui ne voudrait pas voir « le ciel ouvert et les anges de Dieu monter et descendre au-dessus du Fils de l'homme » (Jn 1, 51) ? Suivons le personnage Jésus, parcourons la route, poursuivons notre lecture !

Chapitre 5

UN PREMIER SIGNE

Nous avons vu que lorsque saint Jean pose un regard rétrospectif sur son évangile, il le présente comme un livre de « signes » que Jésus a faits[1]. Après avoir promis à ses disciples une vision extraordinaire[2], Jésus commence sa mission de Révélateur par un premier signe, accompli au village de Cana, en Galilée. Il s'agit du récit bien connu des noces de Cana, où Jésus change l'eau en vin[3]. En quoi ce récit de l'événement est-il « signifiant » ? Pourquoi serait-ce un « signe » ? Sachant que « Jésus a fait sous les yeux de ses disciples beaucoup d'autres signes » que l'évangéliste lui-même avoue passer sous silence[4], pourquoi choisit-il de mettre celui-ci en tête de liste ?

---

[1] Jn 20, 30-31.
[2] Jn 1, 50-51.
[3] Jn 2, 1-12.
[4] Jn 20, 30.

Il manifesta sa gloire

Le prologue nous avait déjà prévenus qu'en tant que Lumière véritable qui éclaire toute personne, le Verbe de Dieu était venu dans le monde[5], mais que le monde ne l'avait pas reconnu[6]. D'aucuns l'ont cependant accueilli[7] et ont contemplé sa gloire[8]. Puisque le Verbe de Dieu est devenu chair humaine[9], l'enjeu est de percevoir la gloire de Dieu à travers les œuvres d'un être de chair comme Jésus de Nazareth. Saint Jean nous propose de lire les noces de Cana comme un premier geste de Jésus où ses disciples commencent à percevoir la « gloire » invisible derrière la « chair » visible de leur maître. L'évangéliste qualifie ainsi le geste de « signe », car il exprime beaucoup plus qu'il n'y paraît à première vue.

Qu'est-ce qui, dans le récit des noces de Cana, nous permet de percevoir la gloire de Jésus ? Le changement miraculeux de l'eau en vin ? Pourtant, ce qui aurait pu être un geste spectaculaire est resté somme toute assez discret, dans les circonstances. Seuls les servants qui ont rempli les jarres d'eau et qui y ont puisé[10] savent d'où provient le vin. Plongé dans l'ignorance, le maître du repas s'adresse non pas à Jésus, mais bien au marié, pour le louer de sa prévoyance et de sa générosité[11]. Jésus n'en retire donc aucun crédit, si ce n'est aux yeux de ses

---

[5] Jn 1, 9.
[6] Jn 1, 10.
[7] Jn 1, 12.
[8] Jn 1, 14.
[9] Jn 1, 14.
[10] Jn 2, 7-9.
[11] Jn 2, 9-10.

disciples. De plus, qu'est-ce que l'exploit de changer l'eau en vin peut receler de « glorieux » ? Et comment cela peut-il s'avérer « signifiant » ?

Par une série d'indices littéraires laissés dans son récit, saint Jean permet à ses lecteurs de repérer la portée symbolique du geste posé par Jésus et de reconnaître ainsi le « signe » de sa gloire. Lectrices et lecteurs que nous sommes, nous devons donc travailler à décoder le sens du tableau narratif que nous avons sous les yeux, sinon nous passons à côté de la gloire de Jésus sans nous en apercevoir, tout comme le maître du repas... Avant d'aller plus loin, je vous invite donc à relire le récit des noces de Cana et à chercher par vous-même des éléments qui pourraient à vos yeux revêtir une portée symbolique. Vous pourrez par la suite comparer vos trouvailles avec ce qui suit.

Le troisième jour

En rappelant aux chrétiens de Corinthe les éléments essentiels de la foi, saint Paul mentionne que Jésus « est ressuscité le troisième jour selon les Écritures » (1 Co 15, 4). Dans les évangiles synoptiques, les annonces de la passion de Jésus comportent la promesse de sa résurrection le troisième jour[12]. La formule « le troisième jour » évoque, bien au-delà d'une période de soixante-douze heures, le jour de la résurrection de Jésus. Pâques n'est-elle pas la manifestation ultime de la gloire

[12] Mt 16, 21 ; 17, 23 ; 20, 19 ; Mc 8, 31 ; 9, 31 ; 10, 34 ; Lc 9, 22 ; 18, 33.

du Christ ? Si saint Jean emploie ici l'expression « le troisième jour » pour dater aussi vaguement les noces à Cana, n'est-ce pas pour faire allusion à la résurrection de Jésus et pour inviter les lecteurs à voir dans ces noces les premières lueurs du jour de Pâques ?

Cette ligne de lecture est appuyée par une autre allusion temporelle. À l'intervention de sa mère, Jésus répond : « Mon heure n'est pas encore arrivée. » (Jn 2, 4) Jésus prévient sa mère – et les lecteurs par ricochet – que nul ne saurait devancer son heure. De quelle heure s'agit-il ? De l'heure de la mort et de la résurrection de Jésus, bien évidemment ! En plein conflit à Jérusalem, plus tard, Jean avertit les lecteurs que personne ne réussit à se saisir de Jésus ou à l'emprisonner parce que « son heure n'était pas encore venue » (Jn 7, 30 ; 8, 20). Par contre, à la fin de sa vie publique, Jésus sait et s'exclame que son heure est arrivée. Cette heure critique de sa vie est décrite comme « l'heure de passer de ce monde vers le Père » (Jn 13, 1), ou encore, comme l'heure de sa « glorification » (Jn 12, 23.27-28 ; 17, 1). L'allusion au moment de la mort et de la résurrection de Jésus est on ne peut plus claire.

Jésus a commencé sa prédication auprès de ses disciples en leur annonçant qu'ils verraient mieux[13]. Dès le début du récit, le quatrième évangile est tout tendu vers son dénouement. Chaque « signe » est orienté vers la fin. L'heure avance ; elle n'est pas encore là, mais elle vient... C'est l'heure où on adorera le Père en esprit et vérité[14], l'heure où les morts entendront la voix du Fils

[13] Jn 1, 50-51.
[14] Jn 4, 21.23.

de Dieu et vivront[15], l'heure où Jésus ne parlera plus en paraboles, mais où il manifestera le Père en toute clarté[16]. Forcément, cette heure n'est pas arrivée dès le premier « signe » à Cana de Galilée. Néanmoins, puisque tout « signe » annonce cette heure-là, il y a un peu de la gloire de Pâques qui commence à être perçue aux noces de Cana[17].

Le thème des noces

De prime abord, quoi de plus banal que des noces dans un village ? Les gens naissent, grandissent, se marient, enfantent et meurent. C'est le cycle de la vie humaine qui se répète partout depuis que le monde est monde. Rien de particulier donc à ce que l'on fête ces passages dans la vie des personnes. Avez-vous remarqué que Jean ne retient pas le nom des mariés ? C'est que l'important dans son récit n'est pas qui se marie avec qui, mais le fait qu'il y ait des noces !

Puisque le mariage est une alliance entre deux personnes consentantes, le thème des noces a servi de figure ou de métaphore biblique pour évoquer l'Alliance conclue entre Yahvé Dieu et le peuple d'Israël[18]. Les prophètes reprochaient souvent au peuple élu de se comporter comme une « épouse » infidèle[19], de ne pas honorer par un comportement moral droit l'Alliance

---

15 Jn 5, 25.28.
16 Jn 16, 25.
17 Jn 2, 1.11.
18 Is 54, 5 ; Ez 16, 6-14.
19 Jr 2, 32 ; 3, 1.

avec leur « époux » Yahvé[20]. Scandalisé par l'idolâtrie et l'injustice en Israël, Dieu répudiait son « épouse » (Is 54, 6 ; Os 2, 4-10) ou bien il pleurait, comme un mari délaissé, l'élue de son cœur qui courait après ses « amants » : d'autres dieux, d'autres rites et d'autres normes morales[21]. Après la période de rupture et de désolation, les prophètes annonçaient des nouvelles fiançailles, des secondes noces, une Nouvelle Alliance entre la ville de Jérusalem ou le peuple d'Israël et Dieu[22].

Lorsque la vie publique de Jésus commence par des noces, cela annonce de façon à peine voilée la Nouvelle Alliance entre Dieu et son peuple, qui peut être célébrée grâce à la présence de Jésus comme « Époux », au milieu de la foule en liesse, l'« Épouse ». Après les noces, Jean-Baptiste se présentera à ses propres disciples comme « l'Ami de l'Époux », tout heureux de ce que Jésus gagne en importance par rapport à lui[23]. Et voilà pourquoi saint Jean ne mentionne pas le nom des mariés... Il veut que nous percevions, derrière la scène apparemment banale des noces villageoises, l'heure tant attendue des secondes noces d'Israël avec Yahvé, grâce à la venue du Fiancé Jésus parmi les siens.

Étroitement lié au thème des noces figure celui du banquet. Et pour cause ! Les noces sont l'occasion de réjouissances populaires. Musique, chant, danse, nourriture et boisson à profusion... Les prophètes ont profité de l'analogie pour annoncer qu'au jour de

---

[20] Ez 16, 15-34.
[21] Os 2, 11-15.
[22] Is 61, 10 ; 62, 4-5 ; Ez 16, 59-63 ; Os 2, 16-22.
[23] Jn 3, 29-30.

l'Alliance définitive entre Dieu et Israël, l'Époux Yahvé donnerait le banquet le plus généreux jamais imaginé de mémoire d'homme[24]. Comme de raison, le vin, d'une qualité exceptionnelle, coulerait abondamment : les cuves seraient pleines[25] ; les montagnes dégoutteraient de vin nouveau[26] ; elles suinteraient de jus de raisin et deviendraient liquides[27]. Que Jésus rende le bon vin disponible en pleines noces et en quantité abondante, ce n'est finalement pas aussi insignifiant qu'on aurait pu le penser... Les noces de Cana étaient en quelque sorte une fête longuement attendue par Israël.

De plus, nous savons qu'au soir de sa vie, Jésus partagera avec ses disciples un dernier repas[28], où le vin sera à l'honneur. Saint Jean le narrateur et Jésus son personnage associent la dernière Cène à l'heure de la glorification du Fils[29]. En tant que début de la manifestation de la gloire de Jésus[30], les noces de Cana sont une préfiguration ou une annonce de la pleine glorification du Christ à la fin de sa vie publique. La mission terrestre de Jésus commence et se termine par un banquet, où le vin évoque le sang de la Nouvelle Alliance scellée entre Dieu et les humains.

---

24 Is 25, 6-8 ; Jl 2, 24 ; 4, 18 ; Am 9, 13-15.
25 Jl 2, 24.
26 Jl 4, 18.
27 Am 9, 13.
28 Jn 13, 1-30.
29 Jn 13, 1.31-32.
30 Jn 2, 11.

La mère de Jésus

La présence de la mère de Jésus est soulignée dans le récit. Saint Jean nous dit d'abord que « la mère de Jésus y était » (Jn 2, 1). Seulement après nous informe-t-il que Jésus aussi avait été invité aux noces, « ainsi que ses disciples » (Jn 2, 2). C'est la mère de Jésus qui fait part à ce dernier du manque de vin. C'est aussi elle qui invite les servants à obéir à tout ordre venant de Jésus. Notons que la mère de Jésus n'est jamais nommée « Marie », comme elle l'est dans Matthieu 1, 18 ; Marc 6, 3 ou Luc 1, 27. Dans le quatrième évangile, elle disparaît de la narration après les noces de Cana et ne réapparaît qu'au pied de la croix[31], où elle est nommée « mère » et « femme » à l'instar de l'épisode de Cana. Pourquoi ne pas l'avoir nommée par son petit nom traditionnel, si ce n'est pour accentuer son rôle symbolique de « femme » et de « mère » ? L'évangéliste veut sans doute rapprocher les deux scènes, celle de Cana et celle du Calvaire, puisque Jésus répond à sa mère que son heure n'est pas encore arrivée à Cana, tandis qu'elle l'est certainement au Calvaire. La mère de Jésus joue ici un rôle de médiatrice entre le peuple et son fils, bien que ce dernier prenne ses distances vis-à-vis d'elle : « Que me veux-tu, femme ? Mon heure n'est pas encore arrivée. » (Jn 2, 4) Jésus ne peut pas livrer le salut avant son temps, mais il livre ici un signe avant-coureur de ce qu'il sera en mesure de donner plus tard. Cana préfigure la rencontre de Jésus et sa mère au Calvaire. L'heure de

[31] Jn 19, 25-27.

Jésus sera alors enfin arrivée : « Dès cette *heure*-là, le disciple l'accueillit chez lui. » (Jn 19, 27)

Des noces sans vin

Le vin s'épuise à Cana. Compte tenu de la symbolique des noces, expliquée plus haut, le manque de vin illustre l'impasse de l'Ancienne Alliance, brisée. Sans vin, nulle fête n'est possible. Seule est possible l'attente du don de Dieu. L'humain ne peut pas compenser de ses propres forces le manque qu'il a créé par son infidélité, par son péché. C'est pourquoi il s'en remet à plus grand que lui. L'intercession de la mère de Jésus exprime cette dépendance absolue vis-à-vis de l'intervention divine : « Ils n'ont pas de vin. » (Jn 2, 3) Loin de chercher à remédier au manque par toutes sortes de moyens humains, la mère de Jésus s'adresse à son fils et sollicite implicitement une intervention miséricordieuse, qui vienne d'en haut.

Tout ce qu'il vous dira, faites-le

Dans l'histoire de l'Ancienne Alliance, une grave famine frappe le pays d'Égypte et la terre entière. Ce sont les sept années de « vaches maigres », selon le songe du Pharaon[32]. Dans ces années de disette, même les fils d'Israël doivent aller s'approvisionner en Égypte.

---

[32] Gn 41.

Or c'est Joseph, le plus jeune des douze frères, celui rejeté et vendu comme un esclave par les siens, qui leur donne à manger. Devenu maître du palais de Pharaon, Joseph réussit à entreposer assez de nourriture pendant les sept années d'abondance pour pallier les sept années de famine subséquentes. Ainsi, lorsque les gens affamés se présentent devant Pharaon, ce dernier les renvoie vers Joseph, en disant « faites ce qu'il vous dira » (Gn 41, 55). L'intervention de la mère de Jésus auprès des servants à Cana ressemble à s'y méprendre à celle de Pharaon. À l'instar de Joseph, Jésus sera rejeté par les siens, mais il réussira à leur donner ce qu'il faut pour vivre. À Cana, le manque se transforme en surabondance grâce à Jésus.

Les six jarres de pierre

À Cana, l'eau transformée en vin, c'est l'eau destinée aux rites de purification juifs[33]. Ce détail est loin d'être anodin. Le judaïsme était très conscient du péché et de l'impureté humaine. Les rites de purification aidaient les Juifs à vivre la conversion à Dieu au quotidien et à se recentrer régulièrement sur la volonté divine. Jean-Baptiste propose un baptême de conversion et de préparation à la venue de l'Agneau de Dieu qui enlève le péché du monde[34]. À Cana, l'eau requise pour le rituel de l'attente et de la préparation se transforme dans le vin de la fête et de l'accomplissement. Et puisque le banquet, le vin et le troisième jour évoquent l'heure de

[33] Jn 2, 6 ; voir Mc 7, 1-5.
[34] Jn 1, 25-34.

la glorification de Jésus – le mystère pascal –, le récit des noces de Cana suggère le remplacement des rites de purification juifs par le rite eucharistique chrétien[35].

Les jarres sont en pierre, parce que contrairement à la terre cuite, la pierre ne contractait pas d'impureté selon la tradition juive[36]. Si l'eau devait servir aux rites de purification, les jarres devaient préserver la pureté de l'eau. Selon le récit, chaque jarre contenait deux à trois mesures. La mesure étant d'environ quarante litres, cela fait un total de quatre-vingts ou cent vingt litres par jarre. Or, on nous dit qu'il y avait là six jarres de pierre, ce qui implique entre quatre cent quatre-vingts et sept

[35] Le thème du « dépassement » du judaïsme par le christianisme est un sujet délicat. Deux mille ans de coexistence plus ou moins pacifique entre les religions juive et chrétienne nous placent dans une tout autre perspective que celle de saint Jean. Nous sommes aujourd'hui beaucoup plus sensibles au pluralisme religieux et – espérons-le – plus respectueux du droit des Juifs à vivre leur foi comme une religion qui ne fait pas fausse route ou à laquelle il ne manque rien pour être « accomplie » en elle-même. Ce n'était pas le cas des premiers témoins impliqués dans la rédaction du quatrième évangile. Ils étaient des Juifs et ils confessaient leur foi en Jésus. À leurs yeux, leur judaïsme ne pouvait être parfaitement « accompli » que s'ils accueillaient le Messie Jésus (Jn 1, 41.45.49). Leur expérience religieuse était celle d'un dépassement radical de la foi de leurs ancêtres par la rencontre du Christ. C'est pourquoi saint Jean puise dans l'héritage des symboles, des rites et des prophéties juives, dans l'espoir d'illustrer leur « accomplissement » en Jésus. Nous constatons ici que le contexte historique de production de l'évangile est vraiment différent de notre contexte de lecture. Impossible de gommer cette différence. Saint Jean n'écrivait pas pour nous, de prime abord, mais pour sa propre génération avec ses préoccupations, symboles, références culturelles et sensibilités. Ce livre sert entre autres choses à surmonter la distance historique et culturelle qui nous sépare de saint Jean. Ce livre se veut une aide pour mieux comprendre, pour mieux décoder ce que saint Jean écrivait et qui avait du sens dans son temps. À nous de voir, comme lectrices, lecteurs, ce qui peut avoir du sens pour notre génération et comment.

[36] Lv 11, 31-36.

cent vingt litres d'eau transformés en vin. Dans un cas comme dans l'autre, c'est toute une fête !

En fait, la quantité d'eau et la distribution dans six jarres remplies « jusqu'au bord » (Jn 2, 6-7) indiquent une toute autre signification. Si l'eau destinée à la purification rituelle représente le rite juif, la plénitude de ce rite semble demeurer imparfaite. En effet, sept étant le chiffre parfait dans le symbolisme juif, le nombre de six jarres dénote l'imperfection[37]. Même remplies à ras bord, les six jarres d'eau ne permettent pas de fêter la noce. Selon saint Jean, la Loi juive suivie au pied de la lettre dans ses moindres détails ne parvient pas à fonder une Nouvelle Alliance avec Dieu ou à délivrer le salut aux humains assoiffés de vie éternelle. Pour que les secondes noces aient lieu, il faut que Jésus intervienne.

Le meilleur vin

Invité aux noces et apprenant qu'on y manque de vin, Jésus ordonne simplement de remplir les jarres d'eau à ras bord et d'y puiser pour en apporter au maître du repas[38]. La parole de Jésus transforme l'eau de la purification juive dans le vin des noces longuement attendues par Israël. Les prophètes se succèdent dans l'histoire du peuple élu, apportant toujours de l'eau fraîche qui désaltère vraiment, car il s'agit de la Parole de Dieu[39],

[37] Dans le livre de l'Apocalypse, la figure démoniaque de la première Bête est marquée par le chiffre six cent soixante-six, summum d'imperfection.

[38] Jn 2, 7-8.

[39] Is 55, 1-3.

mais la noce se fait attendre. À la plénitude des temps, lorsque l'heure vient, l'Élu de Dieu prononce les paroles qui ouvrent les festivités de la Nouvelle Alliance, en délivrant le vin tant attendu. La parole de Jésus suffit !

Le maître du repas goûte l'eau devenue vin et il s'émerveille de ce qu'on ait gardé le meilleur vin pour la fin du repas[40]. La qualité du vin disponible tout à coup rappelle qu'il s'agit du vin que Dieu lui-même fournirait selon les prophètes :

> Yahvé Sabaot prépare pour tous les peuples, sur cette montagne, un festin de viandes grasses, un festin de bons vins, de viandes moelleuses, de vins dépouillés. (Is 25, 6)

De plus, le banquet préparé par Dieu célèbre la victoire ultime sur la mort :

> Il a détruit sur cette montagne le voile qui voilait tous les peuples et le tissu tendu sur toutes les nations ; il a fait disparaître la mort à jamais. (Is 25, 7-8a)

Le meilleur vin, c'est le vin que Dieu fournit en personne en détruisant la mort pour toujours. Après toutes les allusions symboliques du récit à l'heure décisive de Jésus, celle où il offrira sa propre vie, il devient clair que le vin des noces de Cana préfigure le vin de la dernière Cène, c'est-à-dire le sang que le Christ offrira à boire à tous du haut de la croix. C'est le sang du Christ versé pour tous qui procure la vie éternelle[41] et qui fonde la Nouvelle Alliance. Voilà le « bon vin »,

---

[40] Jn 2, 9-10.
[41] Jn 6, 53-56 ; 19, 34.

le meilleur, celui que Dieu a gardé pour ses secondes noces, jusqu'à la fin[42].

De la noce au sanctuaire

Le caractère symbolique ou figuratif du premier des signes est corroboré par le récit suivant. Jean 2, 13-22 rapporte la réaction de Jésus de Nazareth en rentrant au Temple de Jérusalem. Outré du commerce régnant dans le Temple, commerce en vue des sacrifices et du culte juif, Jésus chasse vendeurs et marchandises, renverse échangeurs de monnaie et tout leur attirail. Cet événement est rapporté également par les autres évangélistes[43]. Cependant, dans les récits synoptiques, l'épisode du Temple précède de peu l'arrestation de Jésus et son procès, vers la toute fin de sa vie publique, tandis que dans le récit johannique, il s'agit du second geste public de Jésus, étroitement relié au premier.

En effet, à la question des Juifs « Quel signe nous montres-tu pour agir ainsi ? », Jésus répond « Détruisez ce sanctuaire et en trois jours je le relèverai » (Jn 2, 18-19). Saint Jean précise qu'il parlait du « sanctuaire de son corps » (Jn 2, 21) et qu'une fois Jésus relevé d'entre les morts, ses disciples comprirent le sens du signe[44]. Déplacé vers le début de son ministère, cet épisode de la vie de Jésus a servi de réflexion au sujet du dépassement chrétien du culte juif et du nouveau Temple spirituel que

[42] Jn 2, 10.
[43] Mt 21, 12-17 ; Mc 11, 15-19 ; Lc 19, 45-46.
[44] Jn 2, 22.

constituait le corps du Christ ressuscité. Arrimé ainsi aux noces de Cana, l'épisode du Temple complète le tableau prophétique du dénouement de la vie de Jésus : si les noces de Cana préfigurent la mort du Christ, la purification du Temple préfigure sa résurrection.

Le livre des signes

Dès le début de la vie publique de Jésus, saint Jean raconte deux événements – les noces de Cana et la purification du Temple – de telle sorte que ces épisodes deviennent des signes annonciateurs de la fin de son ministère. L'évangéliste transforme des souvenirs choisis de la vie de Jésus en récits symboliques, en signes chargés de sens pour qui sait décoder les allusions aux Écritures juives, aux rites, traditions et prophéties juives. Loin de raconter simplement des anecdotes, saint Jean procède à une relecture de l'histoire à la lumière de la foi de Pâques. Son souci n'est pas de rapporter à la lettre ce qui s'est passé, comme on le fait aujourd'hui avec autant d'exactitude que possible dans nos documentaires historiques. À l'aide de l'Esprit du Christ ressuscité[45], Jean réinterprète les événements vécus[46] et nous présente un livre de signes, pour nous inviter à croire et à accueillir la vie donnée par le Fils de Dieu[47].

Si Jean a ainsi rédigé le premier épisode de la vie publique de Jésus, nous voici avertis sur la nature de

45 Jn 20, 22.
46 Jn 14, 26 ; 15, 27 ; 16, 12-15.
47 Jn 20, 30-31.

son récit. Il ne s'agit pas d'une biographie de Jésus au sens moderne du terme. Nous pouvons et nous devons nous attendre à ce que la suite soit aussi symbolique, signifiante ou chargée de sens. À Cana, nous n'avons pas affaire à des noces bien ordinaires, ni à des noces extraordinaires où la magie du Fils de Dieu transformerait l'eau en vin en vain ! Ce sont des noces où nous, comme lectrices et lecteurs, nous sommes invités à épouser le Dieu que nous avions abandonné auparavant ; ce sont des secondes noces à cause de nos infidélités ; ce sont des noces où tous nos efforts de conversion et de purification ne pouvaient être que préparatoires, dans l'attente de l'instant béni où Dieu se montre fidèle et miséricordieux malgré nos déroutes ; ce sont des noces, enfin, où le vin délicieux, qui coule à flots et nous réjouit, ne saoule pas, mais nous rend intacte la vie que nous croyions perdue.

Chapitre 6

NAÎTRE À NOUVEAU

Le récit de la rencontre de Jésus avec Nicodème nous présente le premier dialogue soutenu de l'évangile. Jusqu'à présent, Jésus et les autres personnages échangent de brefs propos au cours d'une narration à la troisième personne du singulier. Maintenant, le temps d'un chapitre, l'action s'arrête, et alors que les autres personnages se reposent à l'écart, Jésus et Nicodème partagent leurs vues religieuses. La rencontre n'est pas fortuite. Pour saint Jean, c'est l'occasion de présenter l'enseignement de Jésus de façon plus approfondie. Il ne faut pas se laisser prendre au jeu de la narration historique. Les propos rapportés traduisent la compréhension que saint Jean a du message de Jésus de Nazareth. C'est le Christ johannique qui parle à un représentant respecté du judaïsme. Les personnages de Jésus et de Nicodème incarnent ainsi des positions théologiques à considérer bien au-delà d'une simple anecdote biographique, d'une rencontre de nuit, à Jérusalem.

Nicodème, parmi les hommes et parmi les Juifs

Le récit de la rencontre est précédé par un paragraphe assez curieux. Jean 2, 23 affirme le succès de Jésus auprès des foules, à Jérusalem même. Pourtant, l'évangéliste note immédiatement après[1] que Jésus ne se fiait pas à ce succès, somme toute superficiel. Jésus sait « ce qu'il y a dans l'homme » ; il peut ainsi « tous les connaître ». À l'instar de Dieu qui sonde les reins et les cœurs selon le Psalmiste[2], Jésus sait éprouver le cœur des hommes. Le bon accueil qu'on lui réserve est seulement dû aux « signes » qu'il fait, ces gestes étonnants que nous appelons des miracles. Jésus semble désapprouver l'immaturité et l'inconstance d'une foi accordée en vertu de signes. Si ces derniers venaient à manquer, la foi de ces soi-disant disciples vacillerait...

On nous présente Nicodème immédiatement après cette mise en garde, en tenant compte d'elle : « Or, il y avait parmi les Pharisiens un homme du nom de Nicodème, un notable des Juifs. » (Jn 3, 1) D'emblée, Nicodème est qualifié d'homme, ce qui implique que Jésus sait ce qu'il y a dans son cœur, selon Jean 2, 24-25. La rencontre ne se déroule pas d'égal à égal, car Nicodème ne sait pas ce qu'il y a dans celui de Jésus. Il vient d'ailleurs trouver Jésus « de nuit » (Jn 3, 2), ce qui en langage johannique signifie qu'il ne voit pas clair. Jésus représente plutôt la lumière qui éclaire tout homme[3], lumière que les ténèbres

[1] Jn 2, 24-25.
[2] Ps 7, 10 ; 17, 3 ; 26, 2 ; 139, 1.23.
[3] Jn 1, 9.

ne réussissent pas à saisir ou à vaincre[4]. Lorsque Judas quitte l'enceinte où Jésus et ses disciples partagent la dernière Cène, afin d'aller le trahir, l'évangéliste note qu'il « faisait nuit » (Jn 13, 30). La venue de Nicodème « de nuit » annonce-t-elle qu'il cherche la lumière (sens positif) ? Ou bien dévoile-t-elle qu'il appartient aux ténèbres, qu'il ne se sent pas à l'aise en plein jour (sens négatif) ? C'est à voir...

Nicodème se présente lui-même à Jésus en tant que membre d'un groupe : « nous savons » (3, 2). Il vient à Jésus non seulement en tant qu'homme, mais en tant que Juif et en tant que Pharisien, notable parmi les Juifs. Nicodème se voit en ambassadeur auprès de Jésus de la part des Pharisiens[5]. Il qualifie Jésus de « Rabbi » ou « Maître », un enseignant dont les lettres de créance proviennent des signes qu'il accomplit grâce à la faveur qu'il

---

[4] Jn 1, 5.

[5] Les Pharisiens n'ont pas bonne presse dans notre culture chrétienne. En français, le mot peut même désigner n'importe quel faux dévot, voire un hypocrite épris de formalisme. Pharisien rime donc avec vanité, souci du « qu'en-dira-t-on », orgueil et cœur imbu de lui-même. Cette idée courante de ce qu'est un Pharisien nous vient du jugement sévère que les quatre évangiles portent sur eux. Matthieu 23 est particulièrement dur à leur égard. Cette condamnation générale de leur option par Jésus et les apôtres les a disqualifiés aux yeux de la chrétienté. Les Pharisiens étaient des Juifs ayant opté pour une observation scrupuleuse de la Loi de Moïse, telle qu'elle était transmise par l'Écriture sainte et la Tradition orale. Le mot « Pharisien » vient du grec *pharisaios*, qui lui-même traduit l'hébreu *perushim* : « les séparés, ceux qui sont à part ». En étudiant assidûment l'Écriture et la Tradition pour mieux obéir à la volonté de Dieu, les Pharisiens constituaient un groupe à part. La majorité des Juifs vivaient leur judaïsme comme bien des chrétiens aujourd'hui vivent leur christianisme : plus ou moins sérieusement, faisant des compromis avec la culture ambiante, voire se distanciant de la religion. Cherchant à retrouver la pureté de la foi, les Pharisiens se « séparaient » de leurs frères juifs et servaient de modèles à tous. C'est précisément en tant que modèles de piété que les Pharisiens sont blâmés par les quatre évangélistes.

trouve auprès de Dieu. Jésus n'a pas fréquenté les écoles savantes de Jérusalem, là où l'on étudie la Loi de Moïse. Il n'est pas un maître diplômé, reconnu par ses pairs. Dès lors, ce qui inspire confiance n'est pas son instruction, mais bien la puissance divine qui se manifeste dans ses actions. Ainsi, Nicodème reconnaît en Jésus un maître venu de la part de Dieu, un enseignant non pas formé à l'école, mais envoyé par Dieu lui-même. Les signes qu'il accomplit attestent que Dieu est avec lui et qu'il souhaite qu'on l'écoute. Aux yeux de Nicodème, Jésus est porteur d'un message important venu de Dieu. Représentant des Pharisiens, à tout le moins quelques-uns de ces Juifs notables, Nicodème s'incline devant la puissance divine et reconnaît en Jésus un envoyé de Dieu. Notons cependant que cette reconnaissance ou cette ambassade se fait de nuit, non pas en plein jour ! En tant que Pharisien et Juif notable, Nicodème ne semble pas souhaiter être vu publiquement en compagnie de Jésus... Pour l'instant, il s'agit donc d'une première approche, d'une tentative de dialogue entre deux camps adverses : celui des autorités de Jérusalem et celui du prophète venant de Galilée.

Enfin, n'oublions pas que l'évangéliste nous avait prévenus que Jésus ne se fiait pas à la foi qu'on lui accordait en vertu des signes. Or, Nicodème est venu à lui précisément à cause de ces signes !

Jésus, un Juif pas comme les autres

La réaction de Jésus devant la salutation de Nicodème est étonnante. Aucune courtoisie, aucun respect pour les conventions sociales : Jésus va droit au but. Nicodème veut entendre ce qu'il a à dire ? Jésus résume son message en un seul verset, du reste, énigmatique :

> Vraiment, vraiment, je te le dis : à moins de naître à nouveau, nul ne peut voir le Royaume de Dieu. (Jn 3, 3)

Jésus parle à la manière des Juifs. Son intervention courte, presque brutale, pourrait même être comprise comme un défi lancé à Nicodème, de rabbin à rabbin. Les maîtres d'Israël se livraient à des joutes scripturaires pour mettre à l'épreuve leurs connaissances et creuser ensemble la Parole de Dieu, sans trop savoir où cela les mènerait. Jésus lance donc une affirmation à brûle-pourpoint, que Nicodème doit saisir au vol pour y réagir en maître de la Loi.

Cependant, Jésus ne joue pas selon les règles ! Nicodème chercherait en vain dans sa mémoire un seul verset biblique qui puisse faire écho à son affirmation. Jésus n'a pas cité de texte précis, ni fait référence à un prophète ou un sage. Il ne donne aucun point d'appui à partir duquel Nicodème pourrait exercer son savoir. Jésus parle à la première personne du singulier, en son nom propre : « Je te le dis. » De quelle autorité peut-il exiger une nouvelle naissance, par ailleurs inconnue de la Loi de Moïse ?

Quant au sujet abordé, Jésus relie deux thèmes : la nouvelle naissance et le Royaume de Dieu. La royauté de Dieu est un thème connu en Israël. Délivrés des armées de Pharaon, les Hébreux chantent avec Myriam, sœur de Moïse : « Yahvé régnera pour toujours et à jamais. » (Ex 15, 18) Le Psalmiste confesse : « C'est toi, mon Roi, mon Dieu » (Ps 44, 5), « Je t'exalte, ô Roi mon Dieu, je bénis ton nom toujours et à jamais » (Ps 145, 1), « Mais toi, Yahvé, tu trônes à jamais » (Ps 102, 13), « Ton règne, un règne pour tous les siècles, ton empire, pour les âges des âges ! » (Ps 145, 13), « Yahvé règne pour les siècles, ton Dieu, ô Sion, d'âge en âge » (Ps 146, 10). En tant que Sauveur d'Israël, Yahvé est le véritable Roi auquel les Hébreux doivent obéissance. Pourtant, il s'agit d'un Roi désobéi et mal écouté, dont la royauté a du mal à se faire reconnaître de tous. Yahvé se plaint au prophète Samuel : « C'est moi qu'ils rejettent, ne voulant plus que je règne sur eux. » (1 S 8, 7) Par son infidélité, son manque de foi et ses péchés, le peuple se prive de Dieu comme Roi. L'espérance de « voir le Royaume de Dieu » (Jn 3, 3) est certainement le but de toute l'étude de la Loi et des multiples observances auxquelles les Pharisiens comme Nicodème s'astreignent. Les Juifs pieux aspirent à voir le Royaume de Dieu en se pliant à la volonté de Dieu exprimée dans la Loi transmise par Moïse. En se dédiant à la stricte observance des commandements divins, les Pharisiens comme Nicodème se soumettent à la royauté de Yahvé et ils espèrent en voir les fruits.

Or, Jésus relie l'espérance de voir le Royaume de Dieu plutôt à une nouvelle naissance. Il y a là vraiment de quoi dérouter n'importe quel Juif, Pharisien de surcroît ! Le prophète Jérémie parle certes d'un renouveau du cœur nécessaire pour vivre l'Alliance avec Dieu[6]. Le prophète Ézéchiel voit des morts reprendre vie et recevoir à nouveau l'Esprit de Dieu[7]. Il y a tout de même loin de la coupe aux lèvres pour à proprement parler d'une nouvelle naissance. En cela, Jésus se révèle l'héritier de

[6] Jr 24, 7 ; 31, 31-34 ; 32, 37-41.
[7] Ez 37, 1-14.

Jean-Baptiste qui est un Juif pas comme les autres. Rejetant les ablutions habituelles comme rite de purification, Jean-Baptiste pratique une plongée dans le Jourdain qui simule la noyade du pécheur et sa naissance à une vie nouvelle. Pour voir le Royaume de Dieu, Jean-Baptiste et Jésus sont d'avis qu'il faut plus que l'observance des commandements divins. Pour voir le Royaume de Dieu, il faudrait carrément naître de Dieu comme une créature nouvelle, capable de vivre de sa volonté !

Au sujet des naissances

Le dialogue ne fait que commencer et déjà Nicodème ne suit plus. Son objection aux propos de Jésus peut être comprise de plus d'une façon.

De prime abord, Nicodème semble peu spirituel et davantage porté vers la pensée concrète. Comment pourrions-nous vraiment naître à nouveau si nous sommes déjà au monde ? En prenant la naissance au sens propre et physique du terme, Nicodème souligne l'impossibilité matérielle du précepte lancé par Jésus. Personne ne peut rentrer dans le ventre de sa mère et renaître ! L'intervention de Nicodème le couvre de ridicule, parce qu'il n'a pas saisi le sens figuré, spirituel, des propos de Jésus.

L'incompréhension de Nicodème peut aussi être comprise comme une stratégie narrative utilisée par l'évangéliste pour permettre à son personnage Jésus de revenir sur son enseignement et l'approfondir, l'expliquer davantage, le nuancer, le rendre explicite et s'assurer ainsi de la bonne compréhension du lecteur. La technique du malentendu sert à redire le message en d'autres mots, pour mieux en souligner le sens, pour le spécifier devant le véritable auditoire à instruire : les lecteurs. Nicodème n'est que le porte-parole des incompréhensions possibles de la part des lecteurs de l'évangile.

Par ailleurs, il est difficile de bien reconnaître le « ton » emprunté ou la manière dont les propos d'un personnage devraient être entendus. Nous n'avons que de l'encre sur du papier. Aucun son ne sort du texte. Or, les mots n'ont pas le même sens selon le ton avec lequel on les prononce. Peut-être faut-il entendre de l'ironie et du sarcasme dans les propos de Nicodème : « Voyons donc ! D'où est-ce que tu tiens pareil langage ? Où dans la Loi est-il écrit qu'il faille renaître ? Tu ne veux tout de même pas suggérer qu'on change de mère ? Je suis un fils d'Abraham, moi ! C'est à sa descendance que le salut a été promis. Que dis-tu là, rabbi ? » Le ton peut complètement changer le sens d'un propos.

Quoi qu'il en soit, Jésus revient à la charge :

> Vraiment, vraiment, je te le dis : à moins de naître d'eau et d'Esprit, nul ne peut entrer dans le Royaume de Dieu. (Jn 3, 5)

Jésus a remplacé « naître à nouveau » par « naître d'eau et d'Esprit », dans l'espoir que le sens figuré de son langage soit plus clair. L'allusion au baptême est devenue explicite. Jean-Baptiste fait renaître les gens grâce à l'eau, mais il annonce la venue d'un plus grand que lui, qui fait renaître par l'Esprit de Dieu[8]. Il faut

[8] Jn 1, 26.31.33.

donc être purifié et engendré à nouveau par l'eau et l'Esprit d'un baptême.

De plus, Jésus saisit au vol la remarque (naïve ? ironique ? sarcastique ?) de Nicodème au sujet de la nouvelle entrée dans le sein de la mère. Inutile d'*entrer* dans le sein de la mère *pour voir* le Royaume de Dieu ; il faut plutôt *naître* d'en haut *pour entrer* dans le Royaume de Dieu. En renversant la perspective, Jésus fait voir que Nicodème n'a rien compris. Il se permet donc le développement suivant, concernant les types de naissance.

Autre chose est la naissance charnelle, autre chose la naissance spirituelle[9]. Les deux ne doivent pas être confondues. Dans cette perspective, impossible à la chair d'engendrer l'esprit[10]. Et l'engendrement spirituel des êtres charnels n'est possible que dans la mesure où l'Esprit divin est donné « d'en haut » à des êtres « d'en bas ». En effet, les êtres de chair sont « d'en bas », terrestres, tandis que Dieu et son Esprit sont « d'en haut », célestes[11]. Seul le ciel peut vivifier la terre et la sauver. Saint Jean profite à ce sujet du double sens de l'adverbe grec *anôthen*. Celui-ci peut revêtir à la fois le sens temporel « à nouveau » et le sens spatial « d'en haut ». Lorsque Jésus dit à Nicodème « Il vous faut naître *anôthen* », il dit à la fois « Il vous faut naître à nouveau » et « Il vous faut naître d'en haut ». La nouvelle naissance est spirituelle, céleste, donnée d'en haut. Nicodème aurait pu s'en douter.

---

[9] Jn 3, 6.
[10] Jn 6, 63.
[11] Jn 3, 31 ; 8, 23.

En tant que réalité céleste, la nouvelle naissance n'est pas repérable, visible et palpable, comme l'est la naissance charnelle, terrestre. Si personne n'a jamais vu Dieu[12], c'est bien parce que Dieu est Esprit[13]. Pareillement, personne ne saurait identifier avec certitude ceux et celles qui sont nés de l'Esprit. Leur naissance est insaisissable même si elle est tout aussi réelle que le souffle du vent[14]. Le baptême dans l'Esprit, que l'Élu de Dieu apporte[15], ne sera finalement pas un phénomène visible.

Nicodème trouve cela bien trop mystérieux pour le savant qu'il est, habitué aux « signes » et aux preuves tangibles. Comment quelqu'un peut-il naître à nouveau, d'en haut ? S'il est vrai qu'il faut une nouvelle naissance, spirituelle, pour accéder au Royaume de Dieu espéré, comment y parvenir[16] ? Comment être sauvé par l'Esprit, si nul ne sait d'où il vient, ni où il va ? Aux yeux de Nicodème, la pratique de la Loi de Moïse offre des repères plus clairs et plus fiables pour accéder au salut. Il n'est pas du tout facile de comprendre comment quelqu'un pourrait être sauvé par une naissance qui ne se voit pas et dont on ignore les conditions de réalisation. Pour sa part, en conclusion, Jésus souligne l'ignorance de celui étant censé représenter un « maître » en Israël[17]...

---

[12] Jn 1, 18.
[13] Jn 4, 24.
[14] Jn 3, 8.
[15] Jn 1, 33-34.
[16] Jn 3, 9.
[17] Jn 3, 10.

Des lettres de créance

Le scepticisme de Nicodème remet implicitement en cause les lettres de créance de Jésus. Depuis le début du dialogue, ce dernier n'a fait aucune référence aux versets bibliques, ni cité aucun des prophètes, et il ne s'est appuyé sur les dires d'aucun sage connu. Son discours est nouveau : il lie l'entrée dans le Royaume de Dieu à une nouvelle naissance, plutôt qu'à la pratique de la Loi de Moïse. Au nom de quoi Jésus se permet-il de remettre en question la tradition d'Israël et de proposer une autre voie de salut, inconnue des Juifs ?

La réponse au scepticisme, justifié, de Nicodème, est formulée à la première personne du pluriel :

> Nous parlons de ce que nous savons et nous attestons ce que nous avons vu ; mais vous n'accueillez pas notre témoignage. (Jn 3, 11)

Le pluriel signale clairement que d'autres soutiennent les propos de Jésus, tout comme d'autres appuient les dires de Nicodème. Celui-ci avait commencé son dialogue avec Jésus en disant, au nom des siens : « *Nous savons* que tu viens de la part de Dieu comme un maître. » (Jn 3, 2) Jésus vient souligner l'ignorance de son interlocuteur en le questionnant ainsi : « Tu es maître en Israël, et ces choses, tu ne les sais pas ? » (Jn 3, 10) Par contraste, Jésus présente son savoir comme étant fondé sur une expérience directe : « *Nous parlons* de ce que *nous savons* et *nous attestons* ce que *nous avons vu* » (Jn 3, 11). Le savoir de Jésus est qualitativement différent de celui de Nicodème, car il est fondé sur l'expérience de la vue, non pas sur l'ouï-dire. En tant que Fils Unique tourné vers le Père, Jésus peut faire connaître ce qu'il a vu[18]. Cela, Nicodème et ses amis pharisiens ne le savent pas ou n'y croient pas, tandis que les membres de la communauté de saint Jean le savent et y croient fermement[19]. Le pluriel de Nicodème représente le judaïsme pharisien, alors que le pluriel de Jésus représente le christianisme johannique. Derrière les deux personnages, apparaissent deux communautés religieuses confrontant leurs visions respectives du salut.

À ce point-ci du récit arrive enfin le fondement de la connaissance du salut que Jésus veut apporter à Nicodème. En Jean 3, 12-13, le personnage Jésus affirme pour la première fois dans l'évangile qu'il vient du ciel. En Jean 3, 12, Jésus qualifie de « terrestres » les affaires du salut, car ce salut concerne les êtres charnels. Comment des hommes et des femmes peuvent être sauvés et accéder au Royaume de Dieu, cela traite de « choses de la terre ». Jésus vient de révéler une partie des « choses de la terre » en parlant de la nécessité d'une nouvelle naissance, spirituelle. Si sur le plan des choses terrestres il se bute à l'incompréhension et à l'incroyance de Nicodème et des autres Pharisiens, inutile pour lui d'aborder avec eux les « choses du ciel ». Comment pourrait-il révéler Dieu, qui est Esprit, à ceux qui refusent de se voir en êtres de chair ? Jésus sous-entend ainsi qu'il peut parler des choses du ciel. La raison en est donnée au verset suivant, lorsqu'il affirme

[18] Jn 1, 18.
[19] 1 Jn 1, 1-4.

que le Fils de l'homme est descendu du ciel[20]. Puisque personne n'est monté au ciel, seul celui qui descend du ciel peut en parler. Le passage de la première à la troisième personne du singulier entre la fin du verset 12 et le début du verset 13 indique que c'est lui, Jésus, qui est le Fils de l'homme descendu du ciel et qui, pour cette raison, peut parler « des choses du ciel » avec autorité. Il y a certes un contraste voulu entre la montée de Moïse au Sinaï pour recevoir la Loi et la descente du ciel du Fils de l'homme : l'approximation mosaïque de la volonté divine reste en deçà de ce qu'apporte Jésus, selon saint Jean[21].

Nous avons déjà traité de la figure du Fils de l'homme lors du quatrième chapitre, au sujet de la rencontre avec Jean-Baptiste. Jésus y promettait à ses premiers disciples de mieux voir. Cette meilleure vision promise était celle du Fils de l'homme entouré des anges de Dieu[22]. Dans son livre d'origine, la figure du Fils de l'homme *s'avance* vers Dieu au ciel et reçoit les pleins pouvoirs, l'honneur et la gloire[23]. Maintenant, saint Jean nous dit que le Fils de l'homme *descend* du ciel, d'où il apporte la révélation divine[24]. C'est en tant que Fils de l'homme descendu du ciel que Jésus surpasse tout ce que Moïse peut avoir dit de Dieu. Jésus n'a nul besoin de citer la Loi de Moïse ou les prophètes, puisque son témoignage est supérieur à celui de n'importe quel mortel.

---

[20] Jn 3, 13.
[21] Voir aussi Jn 1, 17.
[22] Jn 1, 51.
[23] Dn 7, 13-14.
[24] Jn 1, 17-18 ; 3, 12-13.

C'est une prétention de taille, de la part du personnage Jésus et de celle de saint Jean l'évangéliste, de nous présenter l'homme de Nazareth comme un être céleste, descendu nous révéler la vraie nature du salut. Quelle lettre de créance Jésus peut-il bien présenter pour s'identifier aussi audacieusement au Fils de l'homme de Daniel 7, 13-14 ? La réponse à cette question sera suggérée au moment où Jésus répondra à la question du « comment » de la nouvelle naissance.

Comment la nouvelle naissance se vit-elle ?

La descente du Fils de l'homme doit être suivie de sa remontée au ciel. Saint Jean a remplacé le mouvement horizontal d'avancée en Daniel 7, 13-14 par un mouvement vertical de descente et de remontée. Si le Fils de l'homme est descendu du ciel, il devra y remonter[25].

Cette remontée du Fils de l'homme est signifiée par l'évangéliste au moyen du verbe « élever ». Ainsi, le Fils de l'homme doit être « élevé » (Jn 3, 14). L'élévation du Fils de l'homme est comparée à l'élévation du serpent d'airain par Moïse dans le désert[26]. Aux prises avec la morsure mortelle de serpents venimeux, les Israélites doivent regarder un serpent d'airain élevé sur un bois par Moïse, afin d'être guéris par Yahvé et de rester en vie. De plus, saint Jean nous dit que le Fils de l'homme doit être élevé « afin que quiconque croit ait en lui la vie éternelle » (Jn 3, 14-15). Ce parallèle entre le serpent

---

[25] Jn 3, 13.
[26] Nb 21, 4-9.

d'airain et le Fils de l'homme invite à voir l'élévation de ce dernier sur un bois, ce qui bien évidemment constitue une allusion on ne peut plus claire à la croix. Saint Jean suggère que Jésus crucifié est comme le serpent d'airain élevé sur le bois : quiconque le regarde avec foi aura la vie sauve. Ainsi s'éclaire un peu plus le mystère de la nouvelle naissance. Pour naître d'en haut, entrer dans le Royaume de Dieu et avoir la vie éternelle, il faut regarder Jésus crucifié et croire qu'il est le Fils de l'homme qui remonte ainsi au ciel. Du coup, s'éclaire aussi le mystère de la lettre de créance présentée par Jésus pour appuyer sa prétention à être le Fils de l'homme. L'élévation en croix est le signe qu'il est descendu du ciel ! La croix représente pour saint Jean la mystérieuse échelle de Jacob qui relie la terre au ciel[27]. Voir la remontée du Fils de l'homme au ciel ! Voilà la vision promise à Nathanaël et aux premiers disciples[28] ! En fait, tout ce que les disciples verront, c'est un homme suspendu à une croix. Croire qu'il s'agit là de l'élévation au ciel du Fils de l'homme, voilà le défi que Jean propose à la foi des lecteurs de son évangile. C'est assurément le pas à franchir pour « naître d'en haut » et recevoir la vie éternelle.

Ainsi, croire que Jésus est le Fils de l'homme descendu du ciel parce qu'il y remonte sur le bois de la croix, c'est ce qui permet de voir en lui le Fils Unique de Dieu, donné, offert par amour, envoyé pour sauver le monde[29]. Si la chair ne peut engendrer l'esprit, il faut que l'esprit vivifie la chair : c'est la raison d'être de

---

[27] Gn 28, 10-22.
[28] Jn 1, 51.
[29] Jn 3, 16-17.

l'incarnation[30]. La nouvelle naissance et la vie éternelle des êtres charnels ne sont possibles que parce que le Fils de Dieu, débordant de l'Esprit de Dieu[31], plonge dans notre humanité et nous transmet cet Esprit. Saint Jean nous suggère que cet engendrement céleste des nouveaux enfants de Dieu[32], ce baptême dans l'Esprit Saint[33], s'effectue lorsque nous regardons avec foi Jésus crucifié.

Nous constatons ainsi que le personnage Jésus propose à Nicodème une tout autre façon de concevoir le salut, parfaitement étrangère à la tradition juive. Cette distanciation des croyances juives se fait aussi sentir pour ce qui concerne le jugement des individus. Le Fils de l'homme de Daniel 7, 13-14 reçoit les pleins pouvoirs pour juger le monde d'après le critère du respect ou non de la volonté divine, ce à quoi Nicodème acquiescerait volontiers. Jean 3, 17-18 affirme plutôt que le Fils de l'homme, Jésus, ne juge personne. Si un jugement a lieu, c'est en fonction de l'acceptation ou du refus de croire que Jésus est le Fils de l'homme descendu du ciel, le Fils de Dieu envoyé dans le monde pour le sauver.

Voir clair

Qui vient à la lumière n'a rien de mal à se reprocher, rien de honteux à cacher. Celui qui se tient dans la noirceur évite les regards d'autrui sur lui et sur ses actes. Saint Jean

[30] Jn 1, 14.
[31] Jn 1, 33-34 ; 3, 34.
[32] Jn 1, 12-13.
[33] Jn 1, 33-34.

conçoit donc l'ouverture à la révélation de Jésus, lumière du monde, comme un indice de la bonne volonté des personnages de son évangile. Il ne cache pas sa déception face au rejet de Jésus par la majorité de sa génération : « Les hommes ont mieux aimé les ténèbres que la lumière, car leurs œuvres étaient mauvaises » (Jn 3, 19).

Qu'en est-il de Nicodème, d'après ce critère fourni par l'évangéliste ? Est-il un homme attiré par la lumière du Christ, ou seulement un homme à l'aise dans la noirceur ? Puisque nous n'avons aucune réponse du personnage à la révélation faite par Jésus depuis Jean 3, 11, il devient difficile de trancher avec certitude. Nicodème paraît un homme ambigu, venant à la lumière, « de nuit » (Jn 3, 2).

Nicodème de jour ?

Le personnage de Nicodème réapparaît à deux autres occasions dans l'évangile. Lors d'un essai d'arrestation manqué à l'endroit de Jésus, les Pharisiens sont choqués devant la crédulité du peuple sans instruction, qui fait bon accueil au prophète galiléen. Nicodème se lève alors et s'oppose à la condamnation prématurée de Jésus sans autre forme de procès. « Notre Loi juge-t-elle un homme sans d'abord l'entendre et savoir ce qu'il fait ? », demande-t-il à ses confrères[34]. Assez rapidement, Nicodème se fait rabrouer et ridiculiser parce qu'il hésite à se rallier spontanément au jugement des savants. Le personnage ne dit plus un mot du reste de l'évangile.

[34] Jn 7, 51.

Nicodème réapparaît une dernière fois aux côtés de Joseph d'Arimathie, lors de la descente du corps de Jésus de la croix. Il apporte cent livres de myrrhe et d'aloès pour ensevelir convenablement le cadavre de Jésus. Ni Joseph d'Arimathie ni Nicodème ne sont mentionnés dans les récits d'apparition du Ressuscité à ses disciples. Le narrateur ne commente pas la foi de Nicodème mais qualifie Joseph d'Arimathie de disciple de Jésus « en secret, par peur des Juifs » (Jn 19, 38). Serait-ce aussi le cas de Nicodème ? Le Pharisien se cacherait-il d'être chrétien, craignant de perdre son statut parmi les siens ? Sinon comment comprendre ses deux apparitions dans l'évangile après son entretien nocturne avec Jésus ? Nicodème est-il finalement venu voir Jésus en plein jour, ou bien est-il resté dans l'ombre, par peur, orgueil ou ambivalence ? À nous, lectrices et lecteurs, d'en décider ! L'évangéliste n'a pas trouvé nécessaire de préciser davantage son parcours de foi.

Choisir de naître

Quelle que soit notre perception de Nicodème le Pharisien, nous voici confrontés aux propos radicaux de Jésus, selon le portrait qu'en fait saint Jean. L'entretien de nuit entre le Nazaréen et le Pharisien sert à étayer le message ou la révélation qu'apporte le Christ au sujet du salut humain, toujours selon l'évangéliste.

Dans un premier sens, matériel, terrestre et concret, les humains sont sauvés lorsqu'ils ont la vie sauve. La vie terrestre est fragile : il faut respirer, boire, se nourrir, dormir, se réchauffer, se protéger des dangers. Être sauvé, c'est avant tout éviter la perte de la vie par tous ces moyens. Même si nous réussissons à rester en vie le plus longtemps possible, nous savons que la vie terrestre, humaine, charnelle, « d'en bas » (Jn 8, 23) est un bien temporaire, qui se perd à la mort de l'individu. La naissance en ce monde conduit inéluctablement à la mort. Nul n'y échappe. Nous pouvons goûter à la vie et y prendre goût, mais nous ne pouvons pas avoir la vie sauve pour toujours. Pour cela, il faudrait naître ailleurs... pas en ce monde !

Personne ne choisit de naître. Nous venons au monde parce que d'autres font ce choix pour nous. Nous ne nous engendrons pas nous-mêmes, nous sommes engendrés. C'est aussi un processus irréversible. Comme Nicodème l'a si bien souligné, personne ne peut entrer dans le sein de sa mère et naître une deuxième fois. Nous ne choisissons pas nos parents. Nous ne choisissons pas de venir au monde en ce monde. Or, la vie n'y est ni éternelle, ni toujours pleinement satisfaisante (« surabondante », selon Jn 10, 10). Un manque se fait sentir, d'où le besoin de discourir d'un salut par-delà ce qui est possible en ce monde.

Le Christ johannique associe ainsi le véritable salut humain à un deuxième engendrement, sauf que cette fois-ci, il s'agit d'un engendrement divin, « d'en haut ». Cette nouvelle naissance, spirituelle, n'est possible qu'après la naissance charnelle, en ce monde. De plus, cette naissance peut être envisagée, désirée et choisie, avant d'être accueillie. Comme pour la naissance charnelle, il est impossible de s'engendrer soi-même, même spirituellement parlant. Personne ne possède l'Esprit divin, car « ce qui est né de la chair est chair » (Jn 3, 6). Nulle chair ne peut de ses propres forces mettre la main sur l'Esprit et se faire engendrer à nouveau, « d'en haut ». Seul le Fils de Dieu peut disposer de l'Esprit divin, parce que Dieu, de qui vient toute paternité, le lui a remis[35]. « Celui qui vient d'en haut est au-dessus de tous ; celui qui est de la terre est terrestre et parle en terrestre. » (Jn 3, 31) Les terrestres que nous sommes, les êtres d'en bas que nous sommes, chair mortelle que nous sommes, nous devons nous tourner vers celui qui vient du ciel, qui descend du ciel et qui seul peut nous offrir l'Esprit qui nous engendre d'en haut, comme lui, et qui nous donne accès au surplus de vie « d'en haut », au salut céleste.

Or, rien ne nous oblige à reconnaître en Jésus le Fils, l'Envoyé du Père. De fait, saint Jean a déjà avoué dans le prologue de son évangile que la tendance lourde du monde est à ne pas le reconnaître, à ne pas l'accueillir, à ne pas croire en lui[36]. À cet égard, les hésitations et les incompréhensions de Nicodème s'expliquent. Du haut de son savoir, le Pharisien est prêt à reconnaître en Jésus un maître venu de la part de Dieu[37] et à s'entretenir avec lui de religion ; mais du moment où Jésus conteste le savoir religieux traditionnel des rabbis et propose une nouvelle naissance, « spirituelle », comme voie de salut, quelle crédibilité Nicodème peut-il accorder à ses dires ?

[35] Jn 3, 34-35.
[36] Jn 1, 9-11.
[37] Jn 3, 2.

Nous avons donc le choix de naître une seconde fois et de vivre de la Vie divine, spirituelle, éternelle, céleste, surabondante, parce que nous avons le choix de croire ou pas au Fils que Dieu nous envoie, qui a reçu l'Esprit sans mesure[38] et qui peut nous l'offrir. Cependant, croire que Jésus est le Fils de Dieu envoyé en ce monde, c'est déjà osé et exigeant : comment Dieu aurait-il pu conférer autant de pouvoir à un seul individu ? Et pourquoi serait-ce Jésus de Nazareth, plutôt qu'un autre ? Croire que le Nazaréen joue ce rôle unique peut s'avérer d'autant plus difficile qu'il a fini ses jours terrestres sur une croix romaine : de quel pouvoir réel disposait-il ? La prudence et la réserve de Nicodème ne sont-elles pas louables ? N'y a-t-il pas assez de charlatans religieux dans ce monde ?

C'est pourquoi, pour saint Jean, le moment critique de l'engendrement d'en haut doit se passer au pied de la croix, en contemplant le Crucifié. Si nous parvenons à croire que l'homme suspendu au bois de la croix est en fait le Fils de Dieu qui remonte au ciel, auprès de son Père, nous aurons percé l'opacité de ce monde pour accéder à la vision promise du « ciel ouvert » et des anges qui montent et descendent au-dessus du Fils de l'homme élevé[39]. Nés d'en haut, nous verrons tout de ce point de vue-là. Si Nicodème reste perplexe devant les prétentions de Jésus, n'est-ce pas parce qu'étant un savant d'en bas, il refuse toute lumière venue d'en haut, qu'il ne contrôle pas ? Or, d'après saint Jean, il nous faut *nous laisser* engendrer à nouveau, d'en haut... Le choix

[38] Jn 3, 34.
[39] Jn 1, 51.

qui nous est proposé est de *laisser* Dieu bouleverser notre vie, notre monde. Pour voir le Royaume de Dieu, il nous faut laisser Dieu aux commandes. C'est cela, choisir de naître, étant vieux[40] !

[40] Jn 3, 3-5.

Chapitre 7
BOIRE À LA SOURCE

Après son entretien avec Nicodème, Jésus se propose de retourner en Galilée. Il lui faut alors traverser à pied la Samarie, territoire hostile aux Juifs tels que lui[1]. Faisant un arrêt au village de Sychar, il se repose accoté au puits de Jacob. Ses disciples partent chercher

---

[1] Au temps de Jésus, une région appelée Samarie sépare la Galilée de la Judée, soit le nord et le sud de la Palestine. Ses habitants, les Samaritains, sont mal vus autant par les Galiléens que par les Judéens. L'inimitié légendaire entre Juifs et Samaritains tient autant aux liens de sang qu'au culte religieux. Les Samaritains sont les descendants des Israélites qui sont restés au nord de la Terre sainte pendant les déportations en Assyrie et en Babylonie, huit et six siècles avant Jésus, respectivement. Ces Israélites restés en arrière ont cohabité avec les envahisseurs assyriens et babyloniens. Des liens de sang ont été noués entre les populations, menant à des échanges culturels et religieux, qui ont répugné aux Juifs demeurés « purs » à Babylone. À la fin de leur exil, les Juifs revenant à Jérusalem ont voulu rebâtir le Temple de Salomon, détruit par les armées babyloniennes. Ils ont refusé la collaboration des Samaritains, qui l'ont très mal pris (voir Esd 4). Alors que les Samaritains lisaient la Loi de Moïse et vouaient un culte à Yahvé, les Juifs les jugeaient impurs et impies à cause de leurs liens de sang et de leur syncrétisme religieux. Pour se rendre compte du mépris des Juifs à l'égard des Samaritains, on n'a qu'à entendre cette insulte faite à Jésus par ses confrères juifs : « N'avons-nous pas raison de dire que tu es un Samaritain et que tu as un démon ? » (Jn 8, 48)

de quoi manger. Une femme vient alors puiser de l'eau sous le soleil de midi. Cette rencontre permet à saint Jean de détailler ce que le Christ nous offre. C'est un récit qui contient plusieurs niveaux de signification, que l'on peut « creuser » comme un puits...

Jésus a soif

Le dialogue est très bien introduit. Le succès de Jésus en Judée préoccupe les Pharisiens[2]. Alerté, Jésus décide de revenir en Galilée[3]. Pour cela, il lui faut traverser la Samarie, située entre la Judée et la Galilée[4]. Le village où il s'arrête, Sychar, est identifié comme faisant partie de la terre que le patriarche Jacob avait léguée à son fils Joseph[5]. Cette identification n'est pas anodine, elle cherche à souligner l'ancêtre commun aux Juifs et aux Samaritains. Le puits contre lequel Jésus s'appuie est un cadeau offert par Jacob à sa descendance[6]. Ce cadeau des origines permettra les retrouvailles des deux peuples frères, à l'ancêtre commun. L'évangéliste note que c'est alors la sixième heure après le lever du soleil, c'est-à-dire midi[7]. Quand on connaît la tendance symbolique de saint Jean, ce n'est pas un détail sans importance. Nous sommes en pleine lumière du jour, contrairement à la nuit de l'entretien avec Nicodème. Le puits de Jacob

[2] Jn 4, 1-2.
[3] Jn 4, 3.
[4] Jn 4, 4.
[5] Jn 4, 5.
[6] Jn 4, 5-6.12.
[7] Jn 4, 6.

et la lumière de midi laissent présager un dénouement heureux au récit, même si Jésus est en territoire ennemi, fatigué de la route et assoiffé.

Les disciples étant partis au village chercher quelque chose à manger, Jésus se retrouve seul, face à face avec une femme de Samarie venue puiser de l'eau. La situation est porteuse d'une inévitable charge amoureuse. Le puits est un lieu de rencontres amoureuses. À l'écart du village, ceux et celles qui s'y retrouvent jouissent d'un rare moment d'intimité, à l'abri des oreilles et des regards indiscrets. Dans la Bible, Isaac[8], Jacob[9] et Moïse[10] trouvent celle qui deviendra leur femme au bord d'un puits[11]. Jésus enfreint le tabou de s'adresser à une femme non accompagnée, ainsi que celui d'entamer des conversations avec des Samaritains. Il manifeste son besoin d'eau à cette femme munie d'une cruche[12]. Au-delà du premier niveau de sens, élémentaire, de quelqu'un qui cherche à se désaltérer, il est difficile de ne pas entendre l'écho du désir amoureux. Dans la Bible, la femme est comparée à un puits ou à une source que l'homme

---

[8] Gn 24.

[9] Gn 29, 1-14.

[10] Ex 2, 15-22.

[11] Genèse 24 raconte la rencontre du serviteur d'Abraham avec Rébecca au bord du puits de Laban. Abraham a envoyé son serviteur chercher une épouse digne de son fils Isaac. Saint Jean s'est inspiré de ce récit patriarcal pour rédiger la rencontre de Jésus avec la femme de Samarie. Si vous lisez attentivement, vous trouverez de nombreux éléments parallèles d'un récit à l'autre. La relecture d'un vieux récit de l'Écriture pour en renouveler le sens est ce que l'on appelle un midrash. Les noces entre Isaac et Rébecca deviennent le modèle à partir duquel saint Jean écrit la rencontre de Jésus avec la Samaritaine.

[12] Jn 4, 7.

cherche pour assouvir sa soif d'amour[13]. La Samaritaine peut bien être scandalisée ! Elle rappelle à l'étranger la distance à respecter entre un homme et une femme, et l'inimitié qui existe entre un Juif et un Samaritain[14]. Le premier échange entre Jésus et la Samaritaine manifeste le désir de l'un et le refus de l'autre.

La Samaritaine a soif

Le dialogue aurait pu en rester là, si Jésus n'avait pas réussi à confronter la Samaritaine avec sa propre soif. Sur le plan le plus superficiel, élémentaire, la Samaritaine est venue au puits avec une cruche. Elle ne saurait cacher sa soif. Néanmoins, puisqu'elle possède un outil dont Jésus est dépourvu, elle se pense en contrôle de la situation. Jésus va susciter l'intérêt de son interlocutricc cn lui offrant de l'eau de source. L'eau vive désigne, en effet, l'eau qui coule, par opposition à l'eau stagnante[15]. Si elle savait à qui elle parlait, c'est elle qui aurait demandé à boire de la bonne eau fraîche !

Comme Nicodème, la Samaritaine prend les paroles de Jésus à la lettre. Elle se moque de la prétention de Jésus de lui offrir une eau plus fraîche, puisqu'il n'a rien pour puiser et que le puits est profond[16]. Elle le ridiculise en le comparant au grand patriarche Jacob, qui a su de ses mains creuser ce puits et abreuver sa descendance[17].

---

[13] Ct 4, 15 ; Pr 5, 15.
[14] Jn 4, 9.
[15] Jn 4, 10.
[16] Jn 4, 11.
[17] Jn 4, 12.

Au malentendu sur le sens figuré des propos de Jésus s'ajoute la technique narrative de l'ironie. De fait, dans la perspective de l'évangéliste, Jésus est plus grand que le patriarche Jacob ! En voulant se moquer de Jésus, la Samaritaine dit une vérité qui la dépasse au sujet de son interlocuteur.

L'incompréhension de la Samaritaine permet au personnage Jésus de spécifier qu'il parle d'une autre sorte d'eau. La caractéristique de l'eau matérielle est qu'elle étanche temporairement la soif, laquelle réapparaît après un certain temps[18]. La caractéristique de l'eau spirituelle dont parle Jésus est qu'elle se régénère continuellement ; elle jaillit à perpétuité ; elle est donc toujours neuve et toujours pure. De plus, cette eau miraculeuse procure la vie éternelle[19].

Une eau si désirable ne laisse pas la Samaritaine indifférente. Elle laisse tomber le masque de sa suffisance et dévoile sa soif à Jésus : « Seigneur, donne-moi de cette eau, afin que je n'aie plus soif et ne vienne plus ici pour puiser. » (Jn 4, 15) À un premier niveau, la Samaritaine paraît encore prendre l'eau de Jésus au sens matériel d'une eau qui remplacera celle qu'elle doit venir puiser tous les jours. Mais à bien y réfléchir, la Samaritaine commence à s'ouvrir au don de Dieu[20]. En effet, sa lassitude quant à la tâche ingrate de venir puiser l'eau chaque jour traduit une insatisfaction profonde, qu'elle souhaite rayer une fois pour toutes de sa vie. La

[18] Jn 4, 13.
[19] Jn 4, 14.
[20] Jn 4, 10.

Samaritaine est prête à parler des vraies affaires, celles du cœur. N'est-ce pas le bon endroit, au bord du puits ?

Au sujet des maris

La condition imposée par Jésus pour offrir son eau vive à la Samaritaine est que celle-ci reconnaisse ouvertement sa soif d'amour. L'insatisfaction profonde de la Samaritaine révèle qu'elle n'a pas de mari, pas d'amoureux véritable à qui ouvrir son cœur. Lorsque Jésus l'invite à lui présenter son mari, la Samaritaine doit avouer qu'elle n'en a pas. Jésus va jusqu'à préciser qu'elle en a eu cinq et que le sixième concubin n'est pas vraiment son mari. Étonnée de la clairvoyance de son interlocuteur, la Samaritaine reconnaît en Jésus un prophète qui lui est envoyé de la part de Dieu.

C'eût été surprenant qu'un récit à plusieurs niveaux de sens comme celui de saint Jean en reste à la vie conjugale de la Samaritaine[21]. Les cinq maris de celle-ci évoquent les cinq cultes païens importés par les envahisseurs en Samarie[22]. Le culte des Samaritains à Yahvé avait subi des aménagements avec l'ajout de ces cinq divinités, de sorte que le Yahvé des Samaritains n'était plus leur seul vrai Dieu. Dans les langues sémitiques parlées par Jésus et la Samaritaine, le mot *ba'al* peut vouloir dire « Seigneur », « Mari » ou « Dieu ». Les

[21] Faut-il rappeler que saint Jean écrit un livre de « signes », pas un reportage ou une biographie ? Notre lecture des noces de Cana, premier des « signes », devrait nous avoir éveillé à la dimension symbolique du texte de Jean.

[22] 2 R 17, 24-41.

cinq maris de la Samaritaine sont les cinq dieux adoptés par son peuple et le sixième concubin, qui n'est plus son mari, représente Yahvé !

La rencontre au bord du puits revêt finalement une dimension amoureuse. Jésus est l'Envoyé de Dieu censé prendre la Samaritaine pour épouse et s'offrir en septième partenaire comme le mari parfait, définitif. Nous avons vu précédemment que saint Jean, reprenant l'image biblique des épousailles pour figurer l'Alliance entre Dieu et son peuple[23], présentait Jésus comme l'Époux d'Israël[24]. Faut-il s'étonner que le thème du mariage/alliance refasse surface ? Voici que Jésus sera non seulement l'Époux des Juifs, mais aussi celui des Samaritains, représentés par la femme sans nom de Samarie.

Où adorer ?

Même si les fiançailles ont lieu au bord du puits, le mariage n'est pas conclu pour autant. Avant que les noces puissent être célébrées, il reste des affaires à régler.

La Samaritaine rappelle à Jésus que Juifs et Samaritains n'ont pas le même culte religieux. Comment sauraient-ils ainsi devenir des partenaires fidèles ? Lorsque les Juifs, au retour de leur exil en Babylonie, refusèrent la collaboration des Samaritains pour la construction du nouveau Temple à Jérusalem, ces derniers érigèrent leur propre Temple sur le mont Garizim, en Samarie. La question du lieu

[23] Os 2, 4-25.
[24] Jn 3, 29-30.

d'adoration légitime, posée à Jésus par la Samaritaine, souligne l'histoire qui les sépare[25].

Jésus retrace l'origine du Yahvisme en Judée[26], mais il annonce la fin des cultes actuels trop axés sur les différences d'un peuple à l'autre, d'une ethnie à l'autre, d'un lieu saint à l'autre. Le culte neuf que Jésus annonce est spirituel en ce sens qu'il n'est pas fondé sur la distinction des personnes, des races et des peuples, mais plutôt sur leur appartenance à une même famille, Dieu étant le Père spirituel de tous[27].

Nous voyons ici la suite logique du dialogue précédent, avec Nicodème. Si le salut n'est pas obtenu par la naissance charnelle dans la lignée d'Abraham, mais plutôt par une nouvelle naissance, spirituelle, « d'en haut », alors tous ceux et celles qui sont « nés de l'Esprit » (Jn 3, 8) forment une nouvelle famille, divine, étant engendrés de Dieu[28]. Le culte voué à ce Père qui est Esprit ne saurait être rivé à telle montagne plutôt qu'à telle autre ou à tel temple plutôt qu'à tel autre. La distinction Juif ou Samaritain tombe en désuétude, se révélant purement charnelle. Voilà donc la façon d'unir un Juif à une Samaritaine au bord du puits de leur ancêtre Jacob. Les vieilles querelles ne tiennent plus. Une ère nouvelle commence à poindre.

---

[25] Jn 4, 20.
[26] Jn 4, 22.
[27] Jn 4, 23-24.
[28] Jn 1, 12-13.

Celui qui doit venir

La Samaritaine est inspirée par les propos positifs de Jésus. À son tour, elle partage avec lui son espérance. Un jour viendra celui que Juifs et Samaritains attendent avec impatience, ce Prophète semblable à Moïse, promis en Deutéronome 18, 18 (livre saint partagé par les deux traditions). L'Élu de Dieu, l'Oint par l'Esprit, ce Messie ou Christ, saura dénouer l'impasse qui existe entre les deux peuples et inaugurer les temps nouveaux[29]. Inspirée par Jésus, la Samaritaine voit bien ce que leur relation pourrait devenir, mais elle repousse la réalisation de son rêve vers un avenir indéfini, n'osant pas briser le cercle vicieux des soifs à combler et des cruches à remplir sans cesse au bord du puits.

Le fruit est mûr, prêt à être cueilli à même l'arbre de la vie. Jésus pousse une porte à peine entrebâillée et fait basculer cette ère dans une nouvelle : « C'est moi, moi qui te parle » (Jn 4, 26), confesse-t-il. En se dévoilant ainsi comme l'Envoyé de Dieu, Jésus se présente comme le futur mari de la Samaritaine, celui qu'elle attend depuis longtemps sans même le savoir. Après l'avoir séduite avec l'eau vive de sa Parole, le Christ se propose à la Samaritaine comme un amour qui ne déçoit pas.

Laissant sa cruche là, la Samaritaine court au village raconter la bonne nouvelle de ce qui vient tout juste de lui arriver. En laissant sa cruche, la Samaritaine décide de briser le cercle vicieux de ses soifs insatiables. Elle

[29] Jn 4, 25.

a osé parler au Juif qui lui demandait à boire. Elle a été séduite par sa capacité de lire en elle son désir le plus intime. Elle l'a mis à l'épreuve en lui demandant par quel chemin ils pourraient se rejoindre. Elle a rêvé de parcourir ce chemin, si seulement elle en avait eu la force. Mais elle a finalement été touchée par la foi que Jésus avait en elle malgré ses échecs répétés. La Samaritaine n'a plus besoin de sa cruche. Une fontaine s'est mise à jaillir en elle, comme Jésus le lui avait promis. « Ne serait-il pas le Christ ? » (Jn 4, 29), dit-elle à son peuple, qui se met en route vers la Source.

Manger à l'heure de la moisson

Ayant été absents de la scène depuis le début, les disciples ne comprennent rien au spectacle auquel ils assistent à leur retour. Ils pressent leur maître de manger, mais celui-ci se dit satisfait. Ils pensent que quelqu'un d'autre lui a déjà apporté à manger, prenant son langage au sens littéral. Une fois de plus, par la technique narrative du malentendu, face à l'incompréhension des disciples, le personnage Jésus a l'occasion d'expliquer que la nourriture véritable est d'ordre spirituel : faire la volonté de celui qui l'a envoyé et mener son œuvre à bonne fin[30]. Jésus avait faim et soif en arrivant à Sychar. Le voici comblé quand les gens du village viennent à lui et se mettent à l'écoute du Père, dont il transmet la Parole qui fait vivre.

[30] Jn 4, 34.

Les Samaritains qui viennent à Jésus ressemblent à des champs prêts pour la moisson. Jésus s'en réjouit et reconnaît que d'autres, comme Jean-Baptiste, ont semé auparavant ce qui lui parvient maintenant comme récolte. Il invite ses disciples à moissonner ce que Dieu a semé dans le cœur des Samaritains et ce que sa Parole a permis de faire éclore, de mûrir à point.

Les Samaritains reconnaissent finalement en Jésus « le Sauveur du monde » (Jn 4, 42). Voilà un titre bien plus universel que Prophète comme Moïse[31], Roi d'Israël[32], Messie ou Christ[33]. Grâce au témoignage de la femme au bord du puits, les Samaritains sont venus vers Jésus, l'ont écouté et ont cru en lui. Ils peuvent désormais adorer le Père « en esprit et en vérité » (4, 23-24), sans se soucier de cultes, de temples ou de montagnes sacrées. Puisque grâce à lui, Juifs et Samaritains peuvent adorer ensemble le Dieu qui les fait renaître, Jésus est vraiment le Sauveur du monde, la Source d'où jaillit la vie éternelle pour tous ceux et celles qui l'écoutent.

L'eau que Jésus offre est bonne autant pour les Juifs que pour les Samaritains. De fait, d'après la pensée universaliste de saint Jean, nous sommes tous « chair » et nous avons tous besoin de l'Esprit, quelle que soit notre culture, notre langue ou notre ethnie. Ce besoin est merveilleusement bien illustré par la soif de la Samaritaine, que les paroles de Jésus étanchent. La soif est humaine et l'eau coulant de source est bonne pour toute l'humanité. Pour saint Jean, c'est Jésus qui

[31] Jn 1, 45.
[32] Jn 1, 49.
[33] Jn 1, 41.

est la source de cette eau fraîche, de cette eau vive, de cette eau désaltérante qui vient ultimement de Dieu. Selon le Psalmiste, l'être humain a soif de Dieu[34]. Par la Parole ou la Sagesse de Dieu, prophètes et sages désignent l'eau qui étanche la soif humaine[35]. Saint Jean nous a déjà présenté Jésus comme la Parole de Dieu faite chair[36]. Dans le récit de la rencontre au puits de Sychar, il nous le fait voir comme la véritable source d'eau que l'humanité attend depuis toujours. Si le récit de la rencontre avec la Samaritaine a commencé par un Jésus assoiffé, c'est que notre évangéliste aime bien les paradoxes dramatiques : Jésus, la source d'eau vive, avait soif de donner à boire à la Samaritaine, assoiffée de vie éternelle[37].

---

[34] Ps 63, 2.
[35] Is 55, 1-11 ; Si 15, 3.
[36] Jn 1, 14.
[37] Jn 4, 10. 31-34.

Chapitre 8

SE LEVER ET MARCHER

Les évangiles synoptiques rapportent le récit de la guérison d'un paralytique par Jésus, dès le début de sa vie publique[1]. Cela correspond à la description générale du ministère de guérison effectué par Jésus, par qui, entre autres, « les boiteux marchent » (Mt 11, 5 ; Lc 7, 22) et « les estropiés deviennent valides » (Mt 15, 31). Néanmoins, la guérison racontée par les synoptiques a lieu en Galilée, dans le village de Capharnaüm. Les amis du malade le descendent jusqu'à Jésus en brisant le toit de la maison, tellement il y a de gens autour de lui ! En dépit de l'ordre similaire donné par Jésus au malade : « Lève-toi, prends ton grabat et marche ! » (Mc 2, 9.11 ; Jn 5, 8), nous avons ici affaire à deux histoires distinctes. Elles n'ont que deux points en commun : l'ordre de marcher donné aux paralytiques et une parole concernant leurs péchés[2]. Laissons donc le paralytique de Capharnaüm

---

[1] Mt 9, 1-8 ; Mc 2, 1-12 ; Lc 5, 17-27.

[2] Mt 9, 2.5-6 ; Mc 2, 5.7.9-19 ; Lc 5, 20-21.23-24 ; Jn 5, 14.

déambuler librement en Galilée et portons notre regard sur celui de Jérusalem.

Mise en scène

Le récit qui nous occupe met en scène un homme malade et Jésus, quelque part dans le quartier nord-est de la ville de Jérusalem, proche du Temple, lors d'une fête juive.

Le nom de la fête n'est pas précisé, mais il s'agit d'une occasion de pèlerinage, puisque Jésus décide de monter à Jérusalem[3]. Les trois pèlerinages juifs vers la Ville sainte avaient lieu à la Pâque, à la Pentecôte et à la fête dite des Tentes.

De loin la fête la plus importante en Israël, la Pâque commémorait le « passage » (sens du mot hébreu *pesah*) de l'esclavage en Égypte vers la liberté en Terre promise. À l'origine, c'était une fête nomade et pastorale, marquant le « passage » des pâturages hivernaux aux pâturages estivaux. C'est pourquoi elle avait lieu lors de la pleine lune du printemps (mars – avril).

Sept semaines après la Pâque (soit le cinquantième jour, d'où le mot grec *pentêkostê* et sa translittération française « Pentecôte »), les Israélites fêtaient l'entrée en Terre promise et les premières récoltes qu'ils offraient à Dieu. Ils commémoraient aussi le don de la Loi au Sinaï, par l'entremise de Moïse.

---

[3] Jn 5, 1.

L'engrangement des dernières récoltes et les vendanges donnaient lieu à des célébrations à l'automne (septembre – octobre), où le peuple exprimait sa reconnaissance à Dieu pour l'abondance des fruits de la terre. La construction de petites huttes dans les champs pour faciliter vendanges et récoltes lui donna le nom de fête des Tentes, en commémoration du séjour des Hébreux dans des tentes au désert.

Dans le quatrième évangile, Jésus monte à Jérusalem une première fois pour la Pâque[4]. Il retourne ensuite en Galilée en passant par la Samarie[5]. Après un bref séjour en Galilée[6], il monte encore à Jérusalem pour une fête. Il se pourrait donc que cette fête soit la fête dite des Semaines ou Pentecôte, mais l'évangéliste ne le précise pas.

Par contraste, saint Jean est on ne peut plus précis sur le lieu de la rencontre et de la guérison. Non content de se limiter à la ville, Jean ajoute que les événements ont lieu près de la porte probatique, où se trouve une piscine à cinq portiques que fréquentent les gens malades[7]. Le nom du lieu est attesté différemment, selon les manuscrits : Bethsaïde, Bethesda, Bethzatha...

---

[4] Jn 2, 13.23.

[5] Jn 4, 1-4.

[6] Jn 4, 43-54.

[7] En fait, ce n'est pas grammaticalement clair si saint Jean fait référence à la « porte des brebis » que l'on voit mentionnée en Néhémie 3, 1.32 ; 12, 39, ou bien s'il fait référence à une piscine appelée « piscine des brebis ». Les exégètes sont partagés sur la question : la piscine aux cinq portiques, est-ce une piscine proche de la porte des brebis, ou bien une piscine dite des brebis ? *La Bible de Jérusalem* traduit « une piscine des brebis » ; la *Traduction Œcuménique de la Bible*, la *Bible en français courant*, la *Bible* d'Osty-Trinquet et la *Bible – Nouvelle Traduction* optent pour « une piscine près de la porte des brebis ».

Bethsaïde étant un village en Galilée, la plupart des éditions et commentateurs optent soit pour Bethesda ou pour Bethzatha. L'historien juif Flavius Josèphe parle du quartier de Bezetha au nord-est de Jérusalem. Le Rouleau de Cuivre découvert à Qumrân en 1947 mentionne des bassins appelés *Bet Esdatayin*, ce qui, au singulier, devient *Bet Esda*. Les fouilles archéologiques ont permis de déterrer non seulement de grands bassins au nord-est du Temple, mais encore des petites piscines reliées au culte des dieux guérisseurs Sérapis (Égypte) et Esculape (Grèce), en usage après la romanisation de Jérusalem par l'empereur Hadrien. Quoi qu'il en soit, les informations dont nous disposons indiquent une très bonne connaissance des lieux par l'évangéliste.

La croyance en la vertu miraculeuse de l'eau de la piscine demeure inexpliquée dans l'évangile. Pourquoi ces divers malades sont-ils entassés sous les portiques de cette piscine, cela pose question. Un scribe a voulu donner raison à cette mise en scène et a ajouté les versets 3c-4 : « qui attendaient le bouillonnement de l'eau. Car l'ange du Seigneur se lavait par moments dans la piscine et agitait l'eau ; le premier alors à y entrer, après que l'eau ait été agitée, recouvrait la santé, quel que fût son mal ». Ces mots sont absents des meilleurs et des plus anciens manuscrits ; ils ne viennent donc pas de la plume de saint Jean. Comme le paralytique se plaint, au verset 7, de ne pas pouvoir y aller le premier après une agitation soudaine de l'eau de la piscine, quelqu'un a cru bon d'ajouter la parenthèse des versets 3c-4, pour expliquer l'origine de ce lieu de guérison et son mode d'emploi.

Toujours est-il que, parmi les nombreux infirmes, aveugles, boiteux et perclus de toutes sortes gisant là, il y a un homme malade depuis trente-huit ans[8]. La précision du nombre d'années de paralysie contraste avec l'absence de détails concernant la personne : nous ignorons son nom, son âge, son lieu d'origine, son métier s'il en avait un avant de devenir malade, etc. Cet homme n'est qualifié que par sa longue maladie : il est paralysé depuis trente-huit ans. On ne sait même pas comment il est devenu malade. Il nous faudra tenir compte de ces ambiguïtés lors de l'interprétation du récit.

La guérison

Jésus prend l'initiative et adresse la parole à cet homme paralysé. L'évangéliste nous dit que Jésus le voit et sait qu'il est dans cet état depuis longtemps, insistant une fois de plus sur la durée de l'infirmité dans le temps. La question posée par Jésus au paralytique paraît, à première vue, une offre de guérison : « Veux-tu recouvrer la santé ? » (Jn 5, 6) La réponse du paralytique étonne. Au lieu d'un simple « Oui ! », « Volontiers ! », « Bien évidemment ! », le malade explique son incapacité à recouvrer la santé : « Seigneur, je n'ai personne pour me jeter dans la piscine, quand l'eau vient à être agitée ; et, le temps que j'y aille, un autre descend avant moi. » (Jn 5, 7) Le remous de l'eau de la piscine semble avoir des vertus thérapeutiques aux yeux des malades qui

[8] Jn 5, 5.

la fréquentent. Néanmoins, au grand nombre de gens qui attendent, les remous occasionnels donnent lieu à des courses auxquelles le paralytique perd d'emblée. Curieusement, celui-ci ne demande pas à Jésus de le jeter à l'eau au moment opportun. Sa réponse semble en exclure même la possibilité : « Je n'ai personne... » Dès lors, on pourrait même se demander s'il veut vraiment guérir ou s'il n'a pas déjà abdiqué sur un retour éventuel à la santé. Depuis trente-huit ans, personne ne lui a offert d'aide pour descendre dans l'eau ? Y aurait-il un ton de reproche dans la question que Jésus lui adresse : « Veux-tu *vraiment* guérir ? » Cela expliquerait en tout cas la réponse défensive du malade, qui écarte toute possibilité de guérison pour lui-même.

Jésus n'attend pas le bon vouloir du paralytique. Il lui ordonne de se lever, de prendre son grabat et de marcher[9]. La guérison a lieu instantanément, de sorte que l'infirme se lève, prend son lit de fortune et circule. Notons que la guérison précède l'obéissance à l'ordre donné par Jésus. Ce n'est pas parce que le paralytique obéit qu'il recouvre la santé ; c'est parce qu'il est guéri qu'il peut obéir. Aucun remerciement, aucune louange à Dieu, ne viennent clore cet épisode. Cela est d'autant plus étonnant que l'évangéliste nous a prévenus à deux reprises de la durée de la maladie, que le paralytique s'est plaint de l'impossibilité de sa guérison et que celle-ci a lieu sans recours au bouillonnement attendu de l'eau de la piscine. Normalement, l'étonnement de la foule, la louange ou un remerciement auraient été de mise.

---

[9] Jn 5, 8.

La dispute

L'évangéliste introduit la dispute qui va suivre en précisant maintenant que la guérison a eu lieu le jour du repos, c'est-à-dire le septième jour de la semaine : le sabbat. Parmi les commandements divins donnés à Israël par l'entremise de Moïse, figure celui-ci situé au cœur du Décalogue :

> Tu te souviendras du jour du sabbat pour le sanctifier. Pendant six jours tu travailleras et tu feras ton ouvrage ; mais le septième jour est un sabbat pour Yahvé ton Dieu. Tu ne feras aucun ouvrage, ni toi, ni ton fils, ni ta fille, ni ton serviteur, ni ta servante, ni tes bêtes, ni l'étranger qui est dans tes portes. Car en six jours Yahvé a fait le ciel, la terre, la mer et tout ce qu'ils contiennent, mais il s'est reposé le septième jour, c'est pourquoi Yahvé a béni le jour du sabbat et l'a consacré. (Ex 20, 8-11)

Puisque porter un fardeau est considéré comme un travail par les docteurs de la Loi, les Juifs reprochent au paralytique guéri de se promener en ville avec son grabat[10]. En portant son lit de fortune, l'homme manque de respect envers le repos de Dieu et enfreint la Loi divine ce jour-là. Une fois de plus, la réponse du paralytique étonne. Au lieu de partager la joie d'être enfin guéri de son mal, le paralytique se défend en accusant l'homme qui lui a rendu la santé : « Celui qui m'a rendu la santé m'a dit : Prends ton grabat et marche. » (Jn 5, 11) Le

---
[10] Jn 5, 10.

paralytique ne se commet aucunement envers son bienfaiteur, dont il ignore même le nom[11].

Les Juifs sont à la recherche de celui qui a ordonné de désobéir à l'une des Dix Paroles gravées sur les Tables de la Loi, données à Moïse par Dieu. Violer la Loi, c'est grave. Inciter les autres à le faire, c'est encore plus grave. La guérison elle-même ne les intéresse pas ; c'est le travail de guérison, et le travail de porter le grabat, qui les trouble, au point de vouloir mettre la main sur celui qui donne le mauvais exemple aux autres.

Jésus rencontre une autre fois le paralytique et lui lance cet étrange avertissement : « Voilà, tu as recouvré la santé ; ne pèche plus, de peur qu'il ne t'arrive pire encore. » (Jn 5, 14) Est-ce que Jésus sous-entend que le paralytique était malade à cause de ses péchés ? Pourtant, ailleurs dans l'évangile, il refuse tout lien de causalité entre la maladie et le péché[12]. À bien y penser, l'avertissement de Jésus concerne un mal « pire » que la maladie. Les péchés du paralytique peuvent lui attirer un mal plus grand que les trente-huit ans de paralysie dont il a souffert ! La guérison de son infirmité physique devrait être l'occasion d'une action de grâce et d'une conversion du cœur maintenant. Selon le point de vue de l'évangéliste, il appartient au paralytique de guérir son âme du mal qui l'alourdit... Celui-ci n'a d'autant plus d'excuse que son corps est bien-portant désormais, ne lui causant plus de soucis.

De toute évidence, le personnage Jésus songe à d'autres péchés, pires que de négliger le repos sabbatique,

---

11 Jn 5, 12.

12 Jn 9, 1-3.

sans quoi il n'aurait pas ordonné au paralytique de porter son grabat ; tout comme il songe au danger d'un autre mal, pire que la maladie. Son avertissement met le paralytique devant une autre « Loi » que celle que les Juifs lui ordonnent de respecter. Le paralytique guéri est ainsi pressé de choisir entre deux allégeances : la « Loi » de Jésus qui l'a guéri de son infirmité ou la « Loi » de Moïse qui l'assure d'être dans les bonnes grâces des Juifs. Le dénouement du récit nous dévoile son choix : le paralytique court vers les Juifs pour dénoncer Jésus[13]. Ce n'est pas un merci !

Les versets suivants mettent à jour le conflit sous-jacent à cette dispute[14]. Les Juifs « persécutent » Jésus parce qu'il « détruit » le sabbat. Ils cherchent même à le tuer, ce qui constitue la première menace de mort ouverte à l'égard de Jésus dans l'évangile. Ce qui aggrave le cas de Jésus au point de mériter la mort, c'est qu'il prétend agir de concert avec Dieu : « Mon Père est à l'œuvre jusqu'à présent et j'œuvre moi aussi. » (Jn 5, 17) Cela revient à dire que Dieu en personne ne respecte pas le repos qu'il a commandé jadis par l'entremise de Moïse. Jésus se sert de la guérison pour signifier l'agir de Dieu. Le pouvoir de guérir est divin ; si Jésus guérit le jour du sabbat, c'est que Dieu brise son repos en même temps que Jésus. De plus, en nommant Dieu « mon Père », il prétend avoir une relation privilégiée avec lui, supérieure à celle de Moïse avec Yahvé. Le scandale n'est pas d'appeler Dieu « Père », mais bien de prétendre avoir un accès privé à la volonté divine,

[13] Jn 5, 15.
[14] Jn 5, 16-18.

sans passer par l'expression de cette volonté dans la Loi de Moïse. Pour les Juifs, ce blasphème équivaut au grand péché d'Adam : se faire l'égal de Dieu[15]. Voilà qui mérite la mort !

Lecture psychologique

L'examen attentif du récit de la guérison du paralytique nous conduit à évaluer son agir d'après le point de vue de l'évangéliste.

Spontanément, nous présumons que toute personne guérie dans les évangiles est un bel exemple de foi à imiter. C'est que nous associons la guérison à la foi dont le bénéficiaire a fait preuve, selon les exemples classiques dans les évangiles synoptiques : « Va, ta foi t'a sauvé. » (Mc 5, 34 ; 10, 52 ; etc.) Pourtant, ce n'est pas le cas ici, force est de le constater. Saint Jean ne mentionne jamais la foi du paralytique. Au contraire, ses réponses et ses attitudes sont négatives et il finit par trahir Jésus devant les autorités. En un sens, la guérison du paralytique a lieu malgré son manque de foi et malgré son péché. Jésus offre la santé physique gratuitement et il exhorte le paralytique à se comporter de façon à plaire à Dieu. Or, c'est tout le contraire qui arrive. Avec le paralytique, nous sommes devant un personnage qui fait le choix de dénoncer Jésus après sa guérison, sachant pourtant que les Juifs cherchent à l'appréhender pour

[15] Gn 3, 4-5.22 ; Jn 5, 18.

avoir enfreint la loi du repos sabbatique. En dépit de la scène miraculeuse, ce n'est guère un exemple à suivre.

On se souviendra que saint Jean nous propose, tout au long de son évangile, plusieurs rencontres servant à illustrer différentes réactions vis-à-vis de la révélation apportée par Jésus. Jean-Baptiste, Nicodème, la Samaritaine et le paralytique prennent tous position différemment... et nous sommes invités par l'évangéliste à apprendre de leur exemple, qu'il soit positif ou négatif. Dans le cas du paralytique, les indices laissés par saint Jean autorisent une relecture psychologique assez négative du personnage.

Sachant que l'évangile de saint Jean ne rapporte que quelques rencontres et fort peu de guérisons, ce dernier ayant choisi son matériel en fonction de l'enseignement qu'il veut livrer à ses lecteurs, le type de maladie dont souffre le personnage, ici la paralysie, est porteur de sens. Grâce à la lecture des chapitres précédents, nous savons que le quatrième évangéliste aime le double sens et qu'il faut donc souvent chercher une signification symbolique à certains détails de la narration ou du dialogue. Si Nicodème vient à Jésus « de nuit » et si la Samaritaine a d'autres dieux et non seulement d'autres « maris », en Jean 5, le malade qui souffre de paralysie physique est aussi paralysé psychologiquement et spirituellement.

L'insistance de l'évangéliste quant à la longueur de la maladie, la réponse défaitiste et défensive du malade, ainsi que son manque d'intérêt pour la personne qui le guérit nous conduisent à qualifier le personnage de « passif ». En quelque sorte, le paralytique ne veut pas marcher et c'est bien malgré lui qu'il est guéri. Sans blâmer le malade pour sa maladie, saint Jean suggère que le paralytique ne s'aide pas parce qu'il trouve un certain confort dans son état de dépendance.

Le paralytique n'ose pas demander de l'aide et voudrait rendre le reste de l'humanité responsable de son immobilisme : « Je n'ai personne pour me jeter à l'eau... » (Jn 5, 7). Une fois guéri, il n'assume pas son état de santé avec joie, mais blâme son guérisseur du viol du sabbat qu'on lui a imposé en le guérissant : « Celui qui m'a rendu la santé m'a dit : prends ton grabat et marche. » (Jn 5, 11) Sommé d'identifier son bienfaiteur, le paralytique se défile en prétextant l'ignorance[16] ; mais une fois averti par Jésus, il préfère le dénoncer et rester en paix avec les autorités[17].

Au lieu de marcher vers la source d'eau vive qu'est Jésus et qui lui a rendu la santé, le paralytique préfère rester couché à côté d'une piscine d'eau stagnante, voire s'éloigner de la source qui vient à sa rencontre et, finalement, se déresponsabiliser de son sort.

Lecture théologique

Le portrait psychologique que nous venons de brosser du personnage du paralytique à partir des indices narratifs ne représente pas une fin en soi. Le propos de saint Jean n'est pas de sonder les complexités de l'âme humaine ou des comportements humains. Notre portrait du personnage demeure sommaire et repose sur les quelques traits

---

[16] Jn 5, 12-13.
[17] Jn 5, 15.

présents dans le texte. En dire plus, ce serait inventer, pas interpréter ! En fait, le personnage est là uniquement pour illustrer une façon de se situer face à Jésus, ne l'oublions pas. Les traits qui pourraient le personnaliser davantage ou le rendre unique manquent dans le texte. Pas de nom, pas d'histoire, pas de milieu de vie ou de métier, pas de cercle d'amis ou de connaissances, pas d'évolution particulière de son caractère. Le paralytique est le personnage type de quelqu'un qui refuse d'évoluer, qui se contente de ce qu'il est et de ce qu'il sait, qui ne veut accepter aucune responsabilité face à ses choix. Il illustre en fait une position théologique : le conformisme. Il représente donc la masse de croyants, qui se plient aux règles établies par les autorités religieuses et qui se dérobent face à la rencontre bouleversante de Dieu.

La question que Jésus pose au paralytique, « Veux-tu recouvrer la santé ? » (Jn 5, 6), doit être entendue aussi sur le plan spirituel : « Veux-tu être sauvé ? Veux-tu avoir la vie ? » L'ordre qui mobilise et qui libère de la stagnation, c'est bien : « Lève-toi, prends ton grabat et marche. » (Jn 5, 8) Les premiers disciples s'étaient vu demander « Que cherchez-vous ? » (Jn 1, 38). Jésus les avait alors invités à *marcher* avec lui : « Venez et voyez. » (Jn 1, 39) La Samaritaine devait *aller* appeler son mari et *revenir* vers Jésus[18]. Les Samaritains *sortaient* de leur village et ils *allaient* vers Jésus[19]. Celui-ci n'avait-il pas dit à Nicodème : « Quiconque commet le mal hait la lumière et ne *vient* pas à la lumière, de peur que ses œuvres ne soient démontrées coupables. Mais celui qui

[18] Jn 4, 16.
[19] Jn 4, 30.

fait la vérité *vient* à la lumière, afin qu'il soit manifesté que ses œuvres sont faites en Dieu » (Jn 3, 20-21) ? Au cinquième chapitre de l'évangile, de toute évidence, la paralysie entêtée du personnage illustre un refus de la lumière qui se manifeste en Jésus. Celui-ci demande au paralytique d'assumer son héritage juif (se lever, prendre son grabat) et de marcher vers la nouveauté de Dieu qui se présente à lui dans la personne de son Envoyé. Le paralytique préfère ne pas évoluer vers un approfondissement de la notion de péché et se conforme à la stricte observance de la lettre de la Loi de Moïse, telle que ses confrères juifs la lui rappellent.

Si saint Jean parle des « Juifs », c'est donc parce que, malgré leur origine ethnique, culturelle et religieuse commune, certains demeurent fermés à la nouveauté apportée par Jésus et se retranchent derrière la Loi de Moïse. Ceux et celles qui croient en Jésus sont appelés à mieux voir[20] et à former la famille élargie des véritables adorateurs de Dieu en Esprit et en vérité[21] (en *allant* vers la source d'eau vive et en se laissant engendrer à nouveau, d'en haut[22]). La désignation « les Juifs » dans le quatrième évangile n'a rien de péjoratif en soi, ni – moins encore – d'antisémite ; c'est une façon de marquer la différence entre ceux qui accueillent et ceux qui refusent le salut que Jésus apporte. D'ailleurs, saint Jean a déjà souligné que Jésus était juif[23] et que le salut venait donc au monde grâce aux Juifs[24].

[20] Jn 1, 50-51.
[21] Jn 4, 23-24.
[22] Jn 3, 3-8.
[23] Jn 4, 9.
[24] Jn 4, 22.

Si la désignation « les Juifs » n'a rien de péjoratif en soi, elle sert pourtant l'intention polémique du quatrième évangéliste. En effet, la guérison du paralytique est l'occasion de confronter deux notions de ce qu'est la Loi de Dieu et, par conséquent, de ce qu'est lui désobéir ou pécher. D'un côté, il y a « les Juifs » qui prônent la soumission de toute activité humaine à la Loi codifiée dans les cinq livres attribués à Moïse (Genèse, Exode, Lévitique, Nombres et Deutéronome : le Pentateuque). De l'autre côté, il y a Jésus qui prétend se placer au-dessus de Moïse et – sans abandonner son enseignement – lui apporter un meilleur éclairage, fruit de sa connaissance intime de la volonté du Père : « La Loi fut donnée par l'entremise de Moïse, la grâce et la vérité advinrent par l'entremise de Jésus Christ. Nul n'a jamais vu Dieu ; le Fils Unique, qui est dans le sein du Père, lui, l'a fait connaître. » (Jn 1, 17-18) Saint Jean ne rejette pas le judaïsme ni la sagesse de Moïse, mais il propose de comprendre ces derniers à la lumière de l'enseignement et de la vie de Jésus de Nazareth. La difficile relation entre Juifs et chrétiens est posée dans toute son acuité. Aux yeux des Juifs, Jésus n'a pas l'autorité de contester Moïse[25]. Aux yeux de Jean, ses confrères juifs n'ont rien compris à Moïse s'ils n'acceptent pas Jésus comme l'Envoyé de Dieu[26].

La mise en lumière du conflit théologique sous-jacent à la guérison du paralytique exige que l'on examine de plus près certains détails du récit pouvant être porteurs de symbolisme religieux. La porte des brebis, la piscine

---

[25] Jn 5, 18.
[26] Jn 5, 45-47.

aux cinq portiques et les trente-huit ans de maladie du paralytique évoquent-ils un conflit entre Juifs et chrétiens ? Les cinq portiques représentent-ils les cinq livres de la Loi de Moïse auxquels le paralytique est soumis ? Les trente-huit ans de maladie renvoient-ils au temps passé par les Israélites à errer dans le désert sous la conduite de Moïse, comme il est mentionné en Deutéronome 2, 14 ? La porte probatique, servant à faire entrer les futures victimes des sacrifices dans le Temple, annonce-t-elle la mise à mort de l'Agneau de Dieu qui enlève le péché du monde, ou bien représente-t-elle Jésus, porte des brebis qui quittent le judaïsme pour de plus verts pâturages, comme dans Jean 10, 7-10 ? L'eau de la piscine à laquelle le paralytique n'a pas accès, est-ce l'eau du baptême chrétien ou bien signifie-t-elle l'eau des rites juifs, stagnante et imparfaite d'après saint Jean[27] ? Il est difficile de trancher à coup sûr. Nous pouvons cependant avoir l'intuition que, comme partout ailleurs dans l'évangile, les détails narratifs ont été choisis en fonction de leur portée théologique et pas seulement à titre d'anecdotes historiques.

Suites et conséquences

Le récit de la guérison du paralytique, suivi de la controverse au sujet de l'autorité de Jésus, débouche sur un long discours de vingt-huit versets prononcé par Jésus[28]. C'est la coutume de saint Jean d'alterner

[27] Voir Jn 2, 6.
[28] Jn 5, 19-47.

« signes » et discours. Les derniers éclairent le sens des premiers. Dans ce cas-ci, le discours de Jésus répond à l'accusation juive de se faire l'égal de Dieu[29]. Jésus fonde son autorité sur le fait de son envoi en tant que Fils, auquel le Père a confié ses pouvoirs. Jésus détient une autorité supérieure à celle de Moïse parce qu'il se soumet entièrement à la volonté du Père, en tant que Fils. Les œuvres qu'il fait (dont la guérison du paralytique) témoignent que Dieu est avec lui. Jésus se réclame aussi du témoignage de Jean-Baptiste et même de celui de Moïse, pour quiconque sait bien lire les Saintes Écritures et bien interpréter leurs prophéties. Ainsi, saint Jean n'enlève pas à la Loi de Moïse sa valeur intrinsèque, mais il la dépeint comme une préfiguration imparfaite ou incomplète de la révélation apportée enfin par le Fils, qui seul a vu le Père.

En nous présentant le personnage du paralytique, saint Jean dévoile les enjeux de croire en Jésus et de le suivre. Jésus de Nazareth n'a jamais été conformiste. Vouloir devenir son disciple implique accepter de se mettre debout et de marcher à sa suite, parfois à contre-courant de la société, de la religion ou de la spiritualité dominante. Dans la tradition juive, depuis Moïse, le repos sabbatique est sacré, commandé par Dieu. Selon saint Jean, Jésus invite à voir la guérison comme un travail divin, même aux jours festifs ou de repos prescrit. Le Christ de l'évangile ne peut s'appuyer sur aucune autorité traditionnelle pour cela : il en appelle à sa connaissance intime de la volonté divine, en tant que Fils qui connaît

[29] Jn 5, 18.

son Père et qui lui obéit. La question est de savoir si nous faisons confiance ou pas à cette prétention unique en son genre. Nous n'avons aucune garantie de la vérité des propos de Jésus, autre que la guérison qu'il offre à ceux et celles qui veulent bien se mettre debout et marcher à sa suite. N'ayant aucune garantie de vérité, nous sommes paralysé par la peur de nous tromper. Ou peut-être par la peur d'être différent des autres et mis à l'écart par les autres. Être guéri, c'est vaincre la peur et marcher librement vers la source d'eau vive.

Chapitre 9

CHERCHER LA BONNE NOURRITURE

Saint Jean raconte le miracle de la multiplication des pains[1] à l'occasion d'une fête de Pâque juive en Galilée, annonçant la Pâque où Jésus se donnera corps et sang pour accomplir sa mission. Comme ses prédécesseurs, Marc, Matthieu et Luc, Jean relit cet épisode de la vie de Jésus à la lumière du don de la manne à Israël dans le désert[2], en amont, et à la lumière de la dernière Cène de Jésus, en aval. La multiplication des pains rappelle ainsi le don de la nourriture que Dieu avait fait à son peuple au désert ; elle préfigure aussi le don de la vie de Jésus sur la croix, que ce dernier symbolise par le pain qu'il partage avec ses disciples lors de la dernière Cène. Comme les prophètes Moïse[3], Élie[4] et Élisée[5] avant lui, Jésus nourrit le peuple, mais cette nourriture représente

[1] Jn 6, 1-15.
[2] Ex 16.
[3] Ex 16.
[4] 1 R 17, 7-16.
[5] 2 R 4, 42-44.

aussi la Parole de Dieu, nourriture par excellence des humains :

> Il t'a fait sentir la faim, il t'a donné à manger la manne que ni toi ni tes pères n'aviez connue, pour te montrer que l'homme ne vit pas seulement de pain, mais que l'homme vit de tout ce qui sort de la bouche de Yahvé. (Dt 8, 3)

> Ainsi tes fils que tu as aimés, Seigneur, l'apprendraient : ce ne sont pas les diverses espèces de fruits qui nourrissent l'homme, mais c'est ta parole qui conserve ceux qui croient en toi. (Sg 16, 26)

Si l'eau qui désaltère représentait la Parole de Dieu dans l'entretien avec la Samaritaine, voici que le pain devient le symbole de cette Parole qui nourrit vraiment. Faut-il s'étonner de cette insistance sur la Parole de Dieu ? Absolument pas ! Jean ne nous a-t-il pas prévenus que son évangile racontait l'odyssée de cette Parole partie de chez Dieu pour camper parmi nous, nous éclairer, nous abreuver, nous nourrir et nous guider ? « Au commencement était la Parole... » (Jn 1, 1ss).

Comme c'est aussi le cas dans les évangiles synoptiques, après la multiplication des pains, Jésus marche sur les eaux du lac et se rend sur l'autre rive avec ses disciples[6]. C'est là, à la synagogue de Capharnaüm,

[6] Les secours divins portés en mer sont un thème biblique bien attesté ; on n'a qu'à penser au livre de Jonas ou à relire le Psaume 107, 23-30. Il ne faut pas oublier que la Pâque juive commémore la délivrance des Hébreux à travers la mer des Roseaux (Ex 14—15 ; Ps 77, 20). Job 9, 8 nous rappelle que Dieu, « Lui seul a déployé les Cieux et foulé le dos de la Mer ». Ainsi, la marche de Jésus sur les eaux et le secours porté aux disciples apeurés évoquent la puissance divine de celui qui peut dire « Je suis » (Jn 6, 20), le seul à qui la mer et le vent obéissent. La figure du Christ ressuscité, vainqueur de la mort, est illustrée ici, tout

que Jean place le discours de Jésus sur « le pain de vie » et la controverse qui s'ensuit. Fidèle à son plan d'écriture, saint Jean commente le sens du « signe » de la multiplication des pains par un long discours dans la bouche de Jésus. Si nous voulons saisir le sens spirituel de l'événement, prenons donc le temps de relire le discours sur « le pain de vie ».

Encore Moïse !

Le premier dialogue entre Jésus et la foule venue le retrouver à Capharnaüm concerne ce que la foule cherche et ce que Jésus a à lui offrir.

La première question traduit l'étonnement de la foule de voir Jésus à la synagogue de Capharnaüm : « Rabbi, quand es-tu arrivé ici ? » (Jn 6, 25) Leur étonnement fait référence au mystère du déplacement de Jésus sur les eaux du lac, mais à un deuxième niveau de sens, l'évangéliste souhaite ouvrir la réflexion sur le thème des origines véritables de Jésus, comme la suite de l'entretien le montrera. Comment se fait-il que le maître tant attendu depuis Moïse soit là, devant eux ? D'où vient Jésus pour parler ainsi, avec autant d'autorité ?

La réponse de Jésus semble éluder la question et renvoyer à la raison de leur quête. Malheureusement, les éditions courantes en français traduisent à peu près

---

comme l'est sa passion à la multiplication des pains. Nous avons déjà vu comment les noces de Cana et la purification du Temple formaient aussi un duo évoquant la mort – résurrection de Jésus. Saint Jean transforme le récit de la vie de Jésus en une méditation du mystère pascal.

comme ceci : « Vous me cherchez, non pas parce que vous avez vu des signes, mais parce que vous avez mangé du pain et avez été rassasiés. » (Jn 6, 26)[7] Je plaide (à l'instar d'autres biblistes) pour une autre façon de lire le texte, sans quoi le reste n'a plus de sens. Le problème découle de la forme verbale *zêteite*, qui en grec peut être comprise soit au mode indicatif « vous cherchez », soit à l'impératif « cherchez ! ». La plupart des traducteurs y ont lu naturellement l'indicatif, parce que de fait, la foule recherche Jésus. Celui-ci reconnaîtrait donc leur démarche en leur disant : « Vous me cherchez... » Or, les mêmes traducteurs lisent à l'unisson l'impératif « travaillez » au verset suivant. Pour ma part, je pense que les deux versets sont parallèles et que les deux formes verbales doivent être lues à l'impératif. Comparez :

> *Cherchez-moi*, **non pas parce que** vous avez vu des signes, **mais parce que** vous avez mangé du pain et avez été rassasiés. (Jn 6, 26)
>
> *Travaillez*, **non pour** la nourriture qui se perd, **mais pour** la nourriture qui demeure en vie éternelle. (Jn 6, 27)

La foule est étonnée du mode de transport miraculeux de Jésus, car elle sait qu'il n'a pas monté sur une barque pour se déplacer. Elle est attirée par le miraculeux comme signe de l'autorité divine de Jésus. De la multiplication des pains, elle n'a retenu que le signe miraculeux ; c'est la véritable raison pour laquelle elle recherche Jésus. Saint Jean nous a déjà avertis de la méfiance de Jésus

---

[7] Ainsi le font *La Bible de Jérusalem*, la *Traduction Œcuménique de la Bible*, la *Bible en français courant*, la *Bible* d'Osty-Trinquet et la *Bible – Nouvelle Traduction*.

vis-à-vis d'une foi rivée sur les signes, lors de l'entretien avec Nicodème[8]. En Jean 4, 48, Jésus renchérit avec amertume : « Si vous ne voyez des signes et des prodiges, vous ne croirez pas ! »

Maintenant, Jésus est-il en train de *féliciter* la foule en lui disant : « Vous me cherchez, non pas parce que vous avez vu des signes... » ou bien lui adresse-t-il le *reproche* suivant : « Cherchez-moi, non pas parce que vous avez vu des signes... » ? Cela devient clair plus loin, au verset 30, lorsque cette même foule demande à Jésus : « Quel signe fais-tu donc, pour qu'à sa vue nous te croyions ? » De toute évidence, la foule recherche des signes, alors que Jésus lui propose plutôt de chercher la nourriture qui rassasie[9].

La foule veut bien travailler aux œuvres de Dieu, mais elle veut savoir ce que Dieu attend d'elle[10]. Œuvres et signes se trouvent sur le même plan sémantique : la foule veut bien *faire* pour plaire à Dieu ; pour savoir quoi *faire*, elle attend un *signe* de la part de Dieu, qui est un *faire* divin.

Jésus se présente comme le donneur de la véritable nourriture qui rassasie, en tant que Fils de l'homme descendu du ciel[11], marqué du sceau de Dieu en personne[12] et donc porteur de la vie qui vient du ciel[13]. Selon Jean,

---

[8] Jn 2, 23-25.
[9] Jn 6, 26-27.
[10] Jn 6, 28.
[11] Jn 3, 13.
[12] Jn 6, 27.
[13] Jn 3, 17-18.35.

le seul *faire* que Dieu demande, c'est de *croire* en son Envoyé, Jésus[14].

Pour une foule en quête de signes, *croire* est précisément le *faire* le plus difficile qu'on puisse lui demander ! La foule rappelle à Jésus que, par le passé, Dieu s'est manifesté par des signes miraculeux, tel le don de la manne qui tombait du ciel, alors que les Hébreux avaient faim en traversant le désert vers la Terre promise[15]. La foule demande à Jésus de *faire* ses preuves, comme Moïse les a *faites*, pour croire en lui, comme elle croit en Moïse.

La demande même de la foule paraît incongrue, puisque Jésus a déjà multiplié les pains pour elle. Cela illustre le talent narratif de saint Jean, qui, après la technique du malentendu, use maintenant d'ironie. Aveuglée par sa soif de signes, la foule n'a pas vu que le miracle de la manne s'était produit à nouveau sous ses yeux, lors de la multiplication des pains. Elle cherche désespérément ce qu'elle a précisément sous le nez !

Jésus essaie d'ouvrir les yeux de la foule à ce sujet. Il corrige la mauvaise lecture de la tradition qui l'empêche de comprendre les événements[16]. Premièrement : ce n'est pas Moïse, mais bien Dieu qui nourrit son peuple en lui donnant le pain du ciel. Deuxièmement : Dieu n'a pas donné, Dieu donne ; c'est maintenant que le don a lieu. Troisièmement : le véritable pain qui descend du ciel n'est pas la manne, mais bien la vie que seul l'Envoyé de Dieu peut donner.

---

[14] Jn 6, 29 ; voir aussi 3, 16-18.36.

[15] Ex 16 ; Jn 6, 30-31.

[16] Jn 6, 32-33.

Comme la Samaritaine dit à Jésus : « Seigneur, donne-moi de cette eau... » (Jn 4, 15) et laisse tomber sa cruche, ainsi la foule demande à Jésus : « Seigneur donne-nous toujours ce pain-là. » (Jn 6, 34) Cependant, le fait que la foule demande à Jésus de lui donner ce pain de vie instamment prouve qu'elle n'a pas compris le sens figuré des propos de Jésus. Une fois de plus, elle veut des signes à chaque instant pour croire. La foule demeure à ce point attachée à une lecture littérale de la tradition mosaïque, qu'elle ne voit pas le nouveau Moïse debout devant elle, en train de lui offrir la manne venue du ciel.

Dès le prologue[17], nous avions vu comment saint Jean commençait son évangile en contrastant les rôles respectifs de Moïse et de Jésus :

La Loi	fut donnée	par l'entremise de Moïse,
La grâce et la vérité	advinrent	par l'entremise de Jésus Christ.

Dans ce triple contraste se profile tout le propos du quatrième évangile. Jésus ne détruit pas le travail de Moïse, mais il complète infiniment mieux ce que Moïse avait commencé. Aux Juifs qui font confiance à Moïse, saint Jean propose de faire confiance au Christ, même lorsque celui-ci semble déroger à la Loi promulguée par Moïse, comme lors de la guérison du paralytique un jour de sabbat. L'apparente dérogation est en fait un dépassement rendu possible parce que Jésus œuvre de

[17] Jn 1, 1-18.

connivence avec Dieu en personne[18]. Tout en reprenant la tradition mosaïque et la ligne de salut tracée par Moïse, saint Jean pose d'emblée la supériorité de Jésus par rapport à Moïse, dont il mène l'œuvre à une plénitude que seul un Envoyé de Dieu descendu du ciel pouvait réaliser. Moïse a bel et bien été envoyé par Dieu, mais il n'a jamais vu Dieu ni n'est jamais monté au ciel. Moïse est monté au Sinaï ; il y a écouté la voix de Dieu, mais dans le tonnerre ; il y a vu Dieu, mais dans le feu[19]. Seul Jésus a vu et entendu Dieu directement, car il est descendu du ciel comme un Fils envoyé par son Père[20]. Ainsi, la prière de Moïse a obtenu la manne pour le peuple[21], mais la prière de Jésus obtient la vie éternelle pour le monde (voir Jn 17, 1-2)[22].

Le pain qui descend du ciel

Comme lors des entretiens avec Nicodème ou avec la Samaritaine, le fait que les interlocuteurs de Jésus prennent ses propos au pied de la lettre donne à ce dernier l'occasion de s'expliquer plus longuement et de dévoiler ainsi le sens figuré de ses paroles. Dans ce cas-ci, la foule croit que Jésus va lui donner un pain

---

18 Jn 5, 17.

19 Ex 19, 16-19.

20 Jn 1, 14.18 ; 3, 13.31-36 ; 6, 46.

21 Ex 16.

22 La polémique entourant la supériorité de Jésus par rapport à Moïse s'explique par le contexte historique qui a donné naissance au quatrième évangile. Les chrétiens d'origine juive comme saint Jean se voient obligés de justifier devant leurs confrères juifs l'autorité qu'ils reconnaissent à Jésus comme Christ.

aux propriétés miraculeuses[23]. Ce malentendu sert à introduire le discours de Jésus sur « le pain de vie » proprement dit :

> Moi, je suis le pain de vie. Qui vient à moi n'aura jamais faim ; qui croit en moi n'aura jamais soif [...] Je suis descendu du ciel pour faire non pas ma volonté, mais la volonté de celui qui m'a envoyé. (Jn 6, 35.38)

Jésus se présente comme un envoyé de Dieu descendu du ciel avec une nourriture incomparable. Manger ce que Jésus offre rassasie pour toujours ; boire ce que Jésus offre étanche la soif à jamais. On se souviendra de l'eau que Jésus offrait à la Samaritaine et qui avait les mêmes propriétés. Or, c'est la Parole de Dieu, intériorisée par l'Esprit de Dieu, qui permettait désormais à la Samaritaine de ne plus chercher de mari et de laisser sa cruche au pied du puits une fois pour toutes. C'est donc aussi la Parole de Dieu que Jésus offre comme Pain d'immortalité. Déjà Moïse expliquait au peuple :

> [Yahvé] t'a fait sentir la faim, il t'a donné à manger la manne que ni toi ni tes pères n'aviez connue, pour te montrer que l'homme ne vit pas seulement de pain, mais que l'homme vit de tout ce qui sort de la bouche de Yahvé. (Dt 8, 3)

Selon Moïse, la manne tombée du ciel illustre le pouvoir vivifiant de la Parole de Dieu. Si le peuple d'Israël s'est nourri de la manne que Yahvé faisait gracieusement tomber du ciel, combien plus Israël a été nourri des commandements que Dieu a fait descendre

[23] Jn 6, 34.

sur les tables de la Loi au Sinaï ! Sagesse 16, 20.26 et Isaïe 55, 1-3 développent cette métaphore de la Parole de Dieu comme nourriture spirituelle. Néhémie 9, 20 va jusqu'à mettre en parallèle la manne tombée du ciel, l'eau jaillie du rocher et l'Esprit donné par Dieu à Israël pour le rendre sage. Selon saint Jean, avant même que Jésus n'ouvre la bouche, ses confrères juifs auraient dû se souvenir que Dieu n'offre pas de signe vide, mais une nourriture qui rassasie, et que cette nourriture, c'est sa Parole, son Esprit. Selon l'évangéliste, si la foule avait vraiment cru en Moïse, elle croirait en Jésus...

Si le pain qui descend du ciel et qui rassasie vraiment est la Parole de Dieu ou son Esprit, Jésus non seulement prétend apporter cette nourriture incomparable au monde, mais, ce qui est encore plus prétentieux, il se présente lui-même comme la Parole qui descend du ciel et qui nourrit le monde :

> Moi, je suis le pain de vie. Qui vient à moi n'aura jamais faim ; qui croit en moi n'aura jamais soif [...] Je suis descendu du ciel pour faire non pas ma volonté, mais la volonté de celui qui m'a envoyé. (Jn 6, 35.38)

Saint Jean nous avait déjà prévenus, dans son prologue, que Jésus était la Parole de Dieu faite chair[24]. Plus qu'un simple prophète comme Moïse, Jésus est l'incarnation même de la Sagesse ou de l'Esprit de Dieu. Il n'est pas seulement un envoyé de Dieu comme Moïse ; il est l'unique Envoyé de Dieu descendu du ciel. Or, la foule est choquée en entendant pareils propos sortis de la

[24] Jn 1, 14.

bouche d'un simple être humain, d'une créature mortelle. Quelle prétention ! « Celui-là n'est-il pas Jésus, le fils de Joseph, dont nous connaissons le père et la mère ? Comment peut-il dire maintenant : Je suis descendu du ciel ? » (Jn 6, 42)

Il convient de faire une parenthèse ici afin de souligner la juste indignation des Juifs face à de tels propos et afin de souligner aussi l'invraisemblance historique de ce discours dans la vie de Jésus de Nazareth. Si l'homme de Galilée avait prononcé le discours de Jean 6, il ne se serait jamais rendu à la croix. Il aurait été lapidé sur-le-champ pour blasphème. Ni André, ni Simon Pierre, ni même Jean n'auraient accepté une telle prétention de la part d'un homme. Ce n'est qu'après Pâques, après l'expérience de la résurrection du Seigneur, que saint Jean peut dire que Jésus est la Parole de Dieu descendue du ciel. Pour proclamer cette vérité à laquelle il tient désormais, saint Jean la met dans la bouche de son personnage Jésus. Comme nous l'avons déjà souligné auparavant, il ne faut pas confondre le personnage Jésus de l'évangile avec la personne historique de Jésus de Nazareth. Le personnage Jésus, selon la théologie de saint Jean, représente le Christ ressuscité qui enseigne l'Église. Ses propos sont le fruit de l'intériorisation du message du Christ par l'évangéliste, grâce à l'Esprit donné à Pâques. Il ne s'agit pas d'un verbatim rédigé par un témoin de la scène.

Le pain qui fait vivre pour toujours

L'objection des Juifs de l'évangile est compréhensible du fait qu'ils n'ont pas les yeux de la foi pour voir en Jésus autre chose que le fils de Joseph[25]. Or, la foi s'obtient en désirant écouter Dieu, en se laissant attirer vers son Envoyé, en se mettant précisément à l'école de Moïse et des prophètes[26]. Celui qui a faim au point de se mettre en route vers Jésus à cause de ce qu'il a lu dans Moïse et les prophètes, celui-là se met à l'écoute du Père et à son école. Celui qui, entendant la parole de Jésus, y reconnaît la Parole de Dieu, celui-là reçoit la nouvelle manne, le Pain de Vie descendu du ciel.

Venir à Jésus, voir Jésus, écouter Jésus et croire en Jésus procure donc la Vie éternelle qu'il apporte en tant que Parole issue de la bouche de Dieu.

Alors que les ancêtres sont morts même après avoir mangé la délicieuse manne au désert, alors qu'ils n'ont pas eu la vie éternelle même s'ils avaient entendu et mis en pratique la Parole de Dieu contenue dans la Loi de Moïse, maintenant il est possible de vivre pour toujours en mangeant le Pain de Vie que Jésus apporte par son enseignement, par sa Parole.

Or, non content de présenter son enseignement comme la Parole même de Dieu, le personnage Jésus a l'audace de transférer la métaphore du Pain de Vie à sa personne même, à son corps, à sa chair et à son sang :

---

[25] Jn 6, 42.
[26] Jn 6, 44-45.

> Qui mange ma chair et boit mon sang a la vie éternelle et je le ressusciterai au dernier jour. Car ma chair est vraiment une nourriture et mon sang vraiment une boisson. (Jn 6, 54-55)

Notre culture chrétienne nous permet spontanément de comprendre ces propos comme une allusion à peine voilée à l'eucharistie. Dans le rite chrétien par excellence, manger le pain et boire le vin, c'est se nourrir du corps et du sang du Christ, offert en sacrifice pour que nous soyons sauvés. De fait, dans le discours sur le Pain de Vie, saint Jean annonce la dernière Cène de Jésus et en donne tout le sens :

> Qui mange ma chair et boit mon sang demeure en moi et moi en lui. De même que le Père, qui est vivant, m'a envoyé et que je vis par le Père, de même celui qui me mange, lui aussi vivra par moi. (Jn 6, 56-57)

L'acte de manger et de boire, c'est d'incorporer des nutriments à son propre corps. Les qualités et les avantages des nutriments sont ainsi transférés par assimilation à notre personne. Afin de vivre pour toujours, il nous faut donc assimiler la vie éternelle. Or, cette vie éternelle est la vie divine, la vie même de Dieu, que seul son Envoyé Jésus, descendu du ciel, possède. Il nous faut donc incorporer le Christ à notre vie très intimement, pour en assimiler l'immortalité. Cette communion intime n'est possible que par le rite du repas mystique, où nous mangeons la chair et buvons le sang du Fils de Dieu. C'est ce que l'eucharistie signifie, selon saint Jean. En mangeant le corps et en buvant le sang du Christ, les chrétiens entrent en relation intime avec le Fils de Dieu.

Comme le Fils est toujours en communion avec son Père, la communion du croyant avec Dieu est rendue possible à travers la communion avec le Christ. Du coup, nos corps mortels peuvent assimiler la vie éternelle de Dieu.

Celui qui, venant à Jésus et écoutant sa voix, y reconnaît la Parole de Dieu, celui-là s'approche aussi de la table eucharistique. Il mange alors le Pain vivant descendu du ciel, dans un geste de reconnaissance du sacrifice ultime de Jésus, qui lui procure la pleine communion avec Dieu et la vie éternelle.

C'est trop dur à croire !

Nous sommes très loin des doctrines juives traditionnelles. Non seulement Moïse est-il mis en arrière-plan, derrière Jésus, mais encore : les propos de ce mortel sont tenus pour Parole de Dieu ; ce mortel lui-même est idéalisé comme la Parole de Dieu descendue du ciel, incarnée ; et, comble du blasphème, un repas mystique où l'on communie au corps et au sang de ce mortel est la seule voie pour obtenir la pleine communion avec Dieu et recevoir ainsi la vie éternelle.

Nous sommes tout aussi loin de la confession de foi des disciples au début de l'évangile. Ces enthousiastes étaient prêts à reconnaître en Jésus le Messie attendu, le Prophète comme Moïse, le Roi d'Israël[27]. Après le discours sur le Pain de Vie, ces titres paraissent des confessions de foi d'enfant, comparativement à ce que Jésus leur donne à

[27] Jn 1, 40-49.

voir et leur demande de croire. En tout cas, le personnage Jésus tient parole : ils voient mieux encore[28] et il leur faudra ouvrir les yeux davantage, car l'évangile n'est pas fini ! Mais tous ne se rendront pas à la fin. Déjà, « après l'avoir entendu, beaucoup de ses disciples dirent : "Elle est dure, cette parole ! Qui peut l'écouter ?" » (Jn 6, 60). C'est ainsi que « Dès lors, beaucoup de ses disciples se retirèrent, et ils n'allaient plus avec lui » (Jn 6, 66).

Face à l'incrédulité croissante de ses disciples, Jésus n'adoucit pas ses propos. Il durcit même le ton, en leur lançant l'avertissement suivant :

> Cela vous scandalise ? Et quand vous verrez le Fils de l'homme monter là où il était auparavant ?... (Jn 6, 61-62)

La question de Jésus rappelle la promesse d'une vision extraordinaire au début de l'évangile : « Vous verrez le ciel ouvert et les anges de Dieu monter et descendre au-dessus du Fils de l'homme. » (Jn 1, 51) Jésus avait déclaré par la suite à Nicodème : « Comme Moïse éleva le serpent dans le désert, ainsi faut-il que soit élevé le Fils de l'homme, afin que quiconque croit ait en lui la vie éternelle. » (Jn 3, 14-15) Notre lecture de ce texte nous avait dévoilé une allusion à la crucifixion à venir de Jésus. C'est en étant élevé sur la croix que Jésus remonte au ciel, d'où il est descendu. Mais cette remontée mystérieuse ne peut être perçue par nos yeux de chair. Le disciple est donc invité à regarder Jésus élevé sur la croix et à croire qu'il est le Fils de l'homme qui remonte au ciel.

---

[28] Jn 1, 50.

Si la foule de disciples est scandalisée devant la prétention de Jésus à être descendu du ciel ou à se donner à manger aux siens, quel scandale provoquera alors la vision tragique de sa remontée au ciel sur une croix romaine ?

La confession de Pierre

Devant la désaffection générale des disciples, Jésus se tourne vers les Douze, ses intimes, et leur rappelle qu'ils ont un choix à faire, eux aussi : « Voulez-vous partir, vous aussi ? » (Jn 6, 67) C'est alors que Simon s'avance et devient la Pierre sur laquelle ses confrères peuvent s'appuyer. Il se fait le porte-parole des Douze et répond au nom de tous :

> Seigneur, vers qui irions-nous ? Tu as les paroles de la vie éternelle. Nous, nous avons cru et nous avons reconnu que c'est toi, le Saint de Dieu. (Jn 6, 68-69)

Le courage de Simon Pierre consiste à ne pas renier le chemin parcouru (« nous avons cru et nous avons reconnu »), à avouer le profit avec lequel il a écouté son maître (« tu as les paroles de la vie éternelle »), puis à se reconnaître désorienté, humblement (« Seigneur, vers qui irions-nous ? »). En admettant à la fois sa faiblesse et son désir de vie durable, Simon Pierre prend l'attitude exemplaire du disciple, à la fois docile et audacieux. Pierre confesse sa faim spirituelle et il reconnaît en Jésus le Pain de Vie.

Plusieurs sources anciennes s'accordent pour attester le rôle de chef exercé par Pierre dans le cercle des douze apôtres. Saint Jean ajoute sa voix à celle de Paul, Matthieu, Marc et Luc. Dans les évangiles synoptiques, une scène analogue à celle que nous venons d'examiner place Simon en situation d'autorité de par sa confession de foi publique en Jésus[29]. Le récit de Matthieu, en particulier, est le plus solennel de tous, conférant à Pierre l'autorité suprême de l'Église sur terre en vertu de sa confession de foi, d'inspiration divine. C'est donc la foi de Simon qui lui a valu le respect de ses confrères et le surnom de Pierre.

Le retour de Pierre

Dans l'évangile de Jean, le personnage de Simon Pierre revient dans le récit de la Passion de Jésus. Il figure explicitement dans le dernier repas de Jésus, lors de l'arrestation du maître et dans la cour du grand prêtre. Ces apparitions soulignent le désir de Simon de bien servir son maître, tout en rappelant sa faiblesse et son péché.

Avant son dernier repas, Jésus lave les pieds de ses disciples. Par respect pour son maître, Simon proteste et résiste. Du moment où Jésus lui signifie que c'est seulement en se laissant laver les pieds qu'il pourra garder son lien privilégié avec le Christ, Simon veut être lavé en entier[30]...

Pendant le dernier repas, Jésus annonce sa trahison par l'un des Douze. Cherchant à découvrir l'identité du traître, Simon fait signe au « disciple que Jésus aimait »

[29] Voir Mt 16, 13-19 ; Mc 8, 27-30 ; Lc 9, 18-21.
[30] Jn 13, 6-11.

de s'en informer[31]. Simon veut protéger son maître. Il lui promet de le suivre partout au péril de sa vie, mais Jésus lui dévoile qu'il n'en aura pas le courage : sans le trahir, il le reniera trois fois[32].

Le soir venu, au jardin, Simon dégaine l'épée et tranche l'oreille de Malchus, le serviteur du grand prêtre. Simon tente tant bien que mal d'empêcher l'inévitable. C'est peine perdue, Jésus est fait prisonnier et il lui demande de renoncer à la violence[33].

Le soir même, Simon est introduit subrepticement dans la cour du grand prêtre par un autre disciple, connu de ce dernier. Simon essaie de rester incognito pendant que son maître comparaît devant le grand prêtre, mais il est démasqué par les serviteurs et les gardes. Pris de panique, il nie à trois reprises connaître Jésus, tel que son maître le lui avait prédit[34].

Simon a du cœur au ventre ; il est audacieux, intègre et fidèle. Épris de respect pour son maître, il souhaite le protéger à tout prix. Mais Simon est aussi humain, fragile et assez facilement bouleversé. Une fois pris dans la gueule du loup – la cour du grand prêtre –, il n'ose plus confesser sa foi au Christ. Parce qu'il partage nos faiblesses humaines, Simon ne réussit pas toujours à être Pierre.

C'est après la résurrection du Seigneur que nous assistons au retour en force de Pierre. Ayant couru avec « le disciple que Jésus aimait » jusqu'au tombeau, Simon constate que celui-ci est vide[35]. Grâce aux yeux

---

[31] Jn 13, 21-30.
[32] Jn 13, 36-38.
[33] Jn 18, 10-11.
[34] Jn 18, 15-27.
[35] Jn 20, 1-10.

d'un autre disciple, Simon reconnaît le Seigneur sous les apparences d'un étranger qui les invite à déjeuner après la pêche[36]. Avant son départ, l'étranger se révèle comme le maître et interroge son disciple :

> Simon, fils de Jean, m'aimes-tu plus que ceux-ci ? (Jn 21, 15)

La question fait mal, car elle rappelle la promesse de fidélité extraordinaire que Simon avait faite à Jésus le soir de son arrestation[37]. De plus, la question est posée trois fois, rappelant la triple négation de Simon dans la cour du grand prêtre[38]. Simon, attristé, reconnaît à la fois son amour et sa faiblesse : « Seigneur, tu sais tout, tu sais bien que je t'aime. » (Jn 21, 17a) Simon ne cherche pas à couvrir son péché, mais il ne renonce pas à aimer Jésus pour autant. Cette humilité et cette audacieuse fidélité lui valent d'être remis par Jésus dans son rôle de Pierre :

> Pais mes brebis. (Jn 21, 17b)

Prêt à partir vers la demeure de son Père, le Bon Berger Jésus confie ses brebis au disciple qui se doit de les guider avec assurance et avec humilité : Simon Pierre. Selon saint Jean, seul celui qui a reconnu sa propre faim de Vie peut guider les autres vers celui qui a les paroles de la Vie éternelle, le Pain vivant descendu du ciel, Jésus Christ.

---

[36] Jn 21, 1-14.
[37] Jn 13, 36-38.
[38] Jn 18, 15-27.

Chapitre 10
OUVRIR LES YEUX

La tradition synoptique garde le souvenir que, parmi les diverses guérisons opérées par Jésus de Nazareth, figuraient des aveugles qui recouvraient la vue[1]. À cause des circonstances particulières entourant la guérison, les récits de l'aveugle muet de Galilée[2], de l'aveugle guéri à Bethsaïde avec de la salive[3] et de Bartimée criant à la sortie de Jéricho[4] retiennent l'attention.

Fidèle à son style dépouillé, saint Jean ne raconte qu'une seule guérison de cécité : celle d'un aveugle de naissance, à la sortie du Temple de Jérusalem[5]. Comme partout ailleurs dans son évangile, Jean investit cette guérison d'une valeur hautement symbolique – voire sacramentelle – et il développe une controverse théologique à partir de l'événement. Une fois de plus, la relecture spirituelle du « signe » accompli par Jésus permet

---

[1] Mt 9, 27-31 ; 15, 30 ; 21, 14.
[2] Mt 12, 22-23.
[3] Mc 8, 22-26.
[4] Mc 10, 46-52 ; Lc 18, 35-43 ; Mt 20, 29-34.
[5] Jn 9, 1-41.

d'approfondir la révélation et le salut qu'il apporte. Par ailleurs, la controverse souligne davantage les enjeux et les risques de croire au Christ.

Le récit de la guérison de l'aveugle de naissance illustre un parcours de foi exemplaire. La cécité physique du personnage sert de point de départ à saint Jean pour élaborer une catéchèse sur l'illumination chrétienne. C'est en suivant le récit à tous ses niveaux de sens qu'il montre sa pleine richesse au grand jour. Essayons d'y voir clair !

Le fil des événements

Un aveugle de naissance est guéri par Jésus dans les environs du Temple de Jérusalem, lors de la fête des Tentes à l'automne.

Les voisins et les connaissances de l'aveugle l'amènent devant les Pharisiens. Ces derniers procèdent à une enquête en bonne et due forme, car la guérison a eu lieu le jour où Dieu interdit à son peuple de travailler, d'après la Loi de Moïse. Ayant établi les faits de la guérison à l'aide des parents de l'aveugle comme témoins, les Pharisiens somment l'aveugle guéri de se dissocier de son bienfaiteur, puisqu'il a enfreint selon eux la volonté de Dieu. L'aveugle guéri refuse de se plier à la logique légaliste des Pharisiens et de condamner Jésus publiquement pour son geste ; il rend plutôt hommage à cet homme, qu'il perçoit de plus en plus comme un prophète envoyé par Dieu. Outrés par l'indépendance de pensée de l'aveugle guéri, les Pharisiens le condamnent et le mettent dehors. Là, Jésus l'attend et lui propose de croire en lui comme Fils de l'homme. L'aveugle guéri et rejeté des siens se prosterne et prête allégeance à son Sauveur.

Le récit comporte des similitudes frappantes avec la guérison du paralytique[6]. Les deux malades sont identifiés par leur infirmité ; on ne possède pas d'autres renseignements personnels à leur sujet, même pas un nom. Les deux guérisons ont lieu à proximité du Temple de Jérusalem, lors d'une fête juive importante. Les deux personnages concernés sont dans leur état depuis fort longtemps : le paralytique depuis trente-huit ans, l'aveugle depuis sa naissance. Dans les deux cas, il y a un rapport obscur à éclaircir entre maladie et péché. Une des piscines de Jérusalem est impliquée dans le processus de guérison. Les deux guérisons ont lieu le jour du repos juif (sabbat) et donnent lieu à une confrontation avec les autorités d'Israël. Absent de la dispute légale, Jésus rencontre dans les deux cas l'individu guéri à la fin du récit. Ces similitudes laissent prévoir des enjeux similaires sur le plan narratif de l'évangile.

Les enjeux de surface

Le récit semble attirer notre attention sur deux enjeux déjà rencontrés lors de la guérison du paralytique : l'association entre la maladie et le péché, puis la légitimité de l'agir de Jésus en fonction des commandements divins stipulés dans la Loi mosaïque.

[6] Jn 5.

La lecture du récit de la guérison du paralytique nous avait conduits à rejeter l'idée que la maladie était une punition de Dieu infligée à cause du péché des humains. La remarque de Jésus en Jean 5, 14 voyait la guérison comme une raison de se détourner du péché et non comme une récompense à une bonne conduite. De plus, dans le même verset, Jésus considérait que le malheur attiré par le péché humain était pire que toute maladie ou infirmité. Les conséquences du péché sont graves ; elles n'ont pas de commune mesure avec l'infirmité physique.

Le cas de l'aveugle-né permet à saint Jean d'approfondir son approche de la maladie et du péché. Fort à propos, le cas d'un malade de naissance met à l'épreuve la doctrine populaire de la maladie comme rétribution divine pour les mauvaises actions. La question des disciples en Jean 9, 2 illustre les positions ridicules qu'on est obligé de tenir lorsque l'on veut défendre à tout prix cette doctrine de la maladie comme punition divine. L'individu étant né aveugle, il ne peut être puni que pour des péchés commis dans le ventre de sa mère (!) ou pour des péchés commis par ses parents (!). Dans les deux cas, la justice d'un Dieu rendue ainsi sortirait perdante du débat. Pourtant, les Pharisiens de l'évangile condamnent l'aveugle pour sa cécité de naissance : « De naissance tu n'es que péché et tu nous fais la leçon ! » (Jn 9, 34)

Jésus invite ses disciples à réfléchir en aval et non en amont. Il déclare sans ambages que la cécité de l'aveugle de naissance n'est due ni à son péché ni à celui de ses parents. Tout lien entre maladie et punition divine est récusé. Jésus voit dans la maladie une occasion de manifester les véritables œuvres de Dieu[7]. C'est donc dire que Dieu est responsable des guérisons et non des maladies. Au lieu de chercher avec morbidité les causes des malheurs, l'Envoyé de Dieu nous invite à chercher plutôt dans ces malheurs l'occasion de rendre gloire à Dieu. Pour cela, il faut s'ouvrir avec humilité et espérance à l'avenir inédit de Dieu. L'œuvre de Dieu, c'est d'illuminer les ténèbres[8], pas de les répandre ! Si ténèbres il y a, à coup sûr la lumière jaillira, au temps propice[9].

Le deuxième enjeu concerne la légitimité de l'enseignement et de l'agir de Jésus. Si la volonté de Dieu est exprimée dans la Loi donnée à Israël au Sinaï par l'entremise de Moïse, comment se fait-il que celui qui prétend être l'Envoyé de Dieu ne respecte pas la tradition mosaïque ? Autrement dit, si le Messie est juif, pourquoi n'écoute-t-il pas Moïse et viole-t-il la Loi juive en travaillant à la guérison de l'aveugle le jour de repos prescrit ?

Lors de la guérison du paralytique, Jésus avait répondu à cette objection en expliquant qu'il œuvrait de concert avec Dieu, qu'il appelait son Père[10]. En d'autres mots, Jésus contestait la validité de la Loi juive comme pleine expression de la volonté divine. En appelant Dieu son Père et en s'y soumettant comme Fils obéissant[11], Jésus prétend dévoiler mieux que Moïse la volonté de Dieu à Israël. Guérissant l'aveugle de naissance un jour

---

[7] Jn 9, 3.
[8] Jn 1, 4-5.
[9] Jn 9, 4-5.
[10] Jn 5, 17.
[11] Jn 5, 19.30.

de sabbat, Jésus affirme aussi accomplir les œuvres de Dieu au moment opportun[12]. Rien de nouveau ne nous est révélé par Jésus à ce sujet.

C'est à l'aveugle guéri qu'il revient de développer l'argument en faveur de la légitimité de Jésus. Se basant sur son heureuse expérience de guérison, il se dit que l'auteur de cette merveille ne saurait être maudit de Dieu[13]. Alors que les Pharisiens s'empêtrent dans un débat légaliste : « Comment un homme pécheur peut-il faire de tels signes ? » (Jn 9, 16), l'aveugle raisonne librement, à partir du sens commun et de l'expérience commune. Dieu n'aide pas les pécheurs à commettre le péché, mais il porte assistance à ceux qui veulent faire sa volonté. Guérir un aveugle de naissance requiert l'aide de Dieu. Jésus n'aurait rien pu faire sans l'appui de Dieu, donc Il est avec lui et l'a effectivement envoyé. Par voie de conséquence, guérir un homme le jour du sabbat n'est pas un péché comme les Pharisiens le prétendent et Jésus est sans faute. Mine de rien, c'est toute leur compréhension de la Loi qui est remise en cause. Les Pharisiens le savent ; ne voulant pas être contestés ou discrédités devant le peuple, ils chassent dehors l'aveugle clairvoyant.

Lecture psychologique

Le personnage de l'aveugle-né se situe aux antipodes du paralytique. Si saint Jean a construit les deux récits de

[12] Jn 9, 4-5.
[13] Jn 9, 30-33.

guérison avec autant de similarités, c'est justement pour mieux mettre en contraste deux attitudes fort différentes face à la révélation qu'apporte Jésus.

Alors que le paralytique est passif, désengagé, peureux et conformiste, l'aveugle-né est actif, engagé, courageux et ouvert d'esprit. L'aveugle-né se laisse enduire les yeux avec de la boue par un inconnu, se laisse conduire à la piscine de Siloé et s'y lave comme on le lui a recommandé. Ayant gagné ainsi la vue physique qui lui manquait depuis sa naissance, il témoigne de sa guérison en tout lieu et à plusieurs reprises[14]. Sa confrontation avec ses voisins et les Pharisiens lui donne l'occasion d'ouvrir aussi les yeux sur les enjeux de sa guérison, de se forger une opinion par lui-même et de progresser dans sa compréhension du mystérieux individu qui l'a guéri. Au point de départ, l'aveugle-né ne sait pas plus que le paralytique qui est Jésus, ni d'où il vient ou ce qu'il représente pour Israël[15]. Cependant, informé de la controverse soulevée au sujet de Jésus par les Pharisiens, il ose prendre position pour son guérisseur et même lui attribuer le titre de prophète[16]. Sous la pression des Pharisiens, maintenant unanimes dans leur condamnation de Jésus, l'aveugle guéri demeure inébranlable. Il se permet de développer un argumentaire pragmatique en faveur de son guérisseur, qu'il considère maintenant comme un envoyé de Dieu[17]. Ayant tenu tête aux autorités, il subit leur mépris et l'expulsion sans

---

[14] Jn 9, 9-11.15.25.

[15] Jn 9, 11-12.

[16] Jn 9, 13-17.

[17] Jn 9, 24-34.

appel. Rencontrant Jésus dehors, il assume librement et entièrement son choix de croire en lui.

De toute évidence, saint Jean met de l'avant l'aveugle-né comme un exemple à suivre par les lecteurs. Nous sommes appelés à faire preuve de la même ouverture d'esprit et du même courage afin de bien nous engager à la suite du Christ. Le récit ne cache pas les enjeux, les risques et les souffrances reliées à pareil engagement. De plus, saint Jean semble nous dire que le seul chemin pour rencontrer Jésus se trouve « dehors », avec les exclus, desquels le Christ est solidaire. On comprend que le paralytique ait plutôt décidé de se rallier aux autorités.

Lecture historique

Le lecteur informé sursaute devant trois anachronismes flagrants du récit. Soulignons-les avant d'aller plus loin dans notre interprétation du texte.

Premièrement, c'est curieux que les voisins décident d'amener l'aveugle guéri aux Pharisiens, plutôt qu'aux prêtres. En effet, au temps de Jésus, les véritables chefs d'Israël sont les prêtres, appartenant à la caste des Sadducéens ou descendants de Saddoq. Ce sont les prêtres qui, de fait, font arrêter Jésus, le jugent, le condamnent et l'amènent à Pilate afin qu'il soit exécuté. Le pouvoir juif était concentré dans le Temple de Jérusalem, qui régissait le culte et la vie religieuse des Juifs. Certains Pharisiens pouvaient avoir de l'influence, voire participer aux séances du Sanhédrin (le grand conseil de la nation), mais le chef incontesté demeurait le grand prêtre, entouré de ses acolytes. Par ailleurs, nous savons qu'en l'année fatidique 70 de notre ère, l'armée romaine dirigée par Titus mate la rébellion juive et met à feu et à sang Jérusalem et son Temple. Le judaïsme qui émergera des cendres sera dirigé par des rabbins issus du mouvement pharisien. L'autorité dont semblent jouir les Pharisiens du quatrième évangile les situe plus après 70 de notre ère qu'avant l'an 30, date de la mort de Jésus.

Deuxièmement, la remarque du narrateur selon laquelle « déjà les Juifs étaient convenus que, si quelqu'un reconnaissait Jésus pour le Christ, il serait exclu de la synagogue » (Jn 9, 22) ne cadre avec aucune des décisions prises par le Sanhédrin du vivant de Jésus. N'est-ce pas d'ailleurs surprenant de s'occuper d'éventuels disciples de Jésus avant de disposer du maître ? Dans les quatre récits de la Passion, les gardes laissent les disciples s'enfuir, le mandat d'arrestation ne concernant que le chef du mouvement. Selon les Actes des apôtres et dans les lettres de saint Paul, les disciples fréquentent le Temple de Jérusalem et les synagogues sans entrave aucune. S'ils se font arrêter, ils sont punis avec une bastonnade et ensuite ils sont relâchés. Par ailleurs, nous savons que les rabbins juifs, lors de leur assemblée à Yabné, dans le dernier quart du premier siècle de notre ère (75-100 ap. Jésus-Christ), ont remanié la prière dite des Dix-huit bénédictions (*shémoné esrè*), récitée à la synagogue, pour qu'elle inclue une malédiction à l'égard des hérétiques (*minim*) et des Nazaréens (*notzrim*). Les Juifs qui auraient hésité à prononcer publiquement ces malédictions auraient pu être facilement expulsés des synagogues. Il est probable que saint Jean fasse allusion à cette condamnation de la foi chrétienne par les héritiers des Pharisiens, ici en Jean 9, 22, aussi en Jean 12, 42 et en Jean 16, 2.

Troisièmement, à la fin du récit, l'attitude de l'aveugle guéri à l'égard de son guérisseur n'est compréhensible qu'après Pâques. Les disciples se prosternent en attitude d'adoration uniquement devant le Christ ressuscité, revenu d'entre les morts. La prosternation de l'aveugle guéri devant son « Seigneur » en Jean 9, 38 est donc quelque peu prématurée... Ce sont Marie-Madeleine et Thomas qui le feront à Pâques, comme nous le verrons plus loin dans ce livre.

Ces anachronismes ont intrigué les savants, d'autant plus que Jean est si précis sur certains détails (pensons à la piscine à cinq portiques près de la porte probatique), qu'il n'est guère croyable qu'il se soit si grossièrement trompé à propos d'éléments aussi évidents. Grâce à l'œuvre de J.-L. Martyn, un exégète américain, nous sommes aujourd'hui en mesure de mieux apprécier la raison d'être de ces anachronismes. Il y a plus de quarante ans, en 1968, J.-L. Martyn publiait un livre intitulé *History and Theology in the Fourth Gospel* (Louisville, Westminster John Knox Press). Dans cet ouvrage devenu un classique incontournable des études johanniques, J.-L. Martyn propose de comprendre les anachronismes comme une stratégie narrative intentionnelle de la part de l'auteur. Son but serait de raconter l'histoire de sa communauté en même temps que celle de Jésus, les superposant pour montrer la fidélité des siens à l'égard du Christ.

Au niveau de la vie de Jésus, le récit illustre le souci du Nazaréen pour les malades et les infirmes, qu'il guérit en tout temps, faisant fi des interdits rituels juifs. Cela lui attire des ennuis de la part des autorités, qui l'accusent de ne pas observer la Loi de Moïse.

Au niveau de la vie de la communauté johannique, le récit illustre la fidélité des disciples à l'égard du Seigneur. Illuminés par le Christ comme l'aveugle-né, les membres de l'Église de Jean témoignent courageusement de leur foi en Jésus. Ce témoignage les condamne à être expulsés de leur milieu de vie (la synagogue) à cause d'une décision des nouveaux chefs religieux d'Israël, les Pharisiens.

Cette lecture à deux niveaux historiques, superposés, permet aussi de comprendre la réserve de Nicodème, qui n'ose venir à Jésus que de nuit, ou la peur du paralytique qui le conduit à dénoncer Jésus, ou la multitude de sympathisants qui abandonne Jésus en Jean 6, parce que c'est devenu trop difficile de le suivre, ou encore le succès du Christ auprès des Samaritains et le fait que saint Jean y parle des « Juifs » en ne semblant plus, ni lui ni Jésus, faire partie du groupe. Tous ces éléments qui paraissent étranges s'expliquent aisément du moment où nous les rapportons au temps de l'Église johannique, plutôt qu'au temps de Jésus de Nazareth. De la sorte, l'histoire du rejet de la communauté johannique par ses confrères juifs actualise le drame du rejet de Jésus par les siens.

Lecture théologique

Même avec deux niveaux de lecture superposés, la lecture historique n'épuise pas les richesses du texte. Celui-ci est pétri d'allusions et de symboles qu'il convient de mettre au clair sur le plan théologique.

Disons d'emblée que l'ensemble des symboles et des allusions gravite autour de l'initiation baptismale. Nous avions déjà pressenti cet arrière-plan théologique dans le témoignage de Jean-Baptiste, dans les dialogues avec Nicodème et avec la Samaritaine, ainsi que dans le récit de la guérison du paralytique. L'Église reconnaît cette préoccupation initiatique dans les récits johanniques ; c'est pourquoi les entretiens de Jésus avec la Samaritaine, l'aveugle-né, Marthe et Marie, sont proclamés pendant les dimanches du carême (année A), en préparation au baptême des catéchumènes lors de la vigile pascale.

Le premier élément, décisif, qui nous oriente vers une relecture baptismale du récit, c'est le nom de la piscine, Siloé, traduit par saint Jean comme « Envoyé » (Jn 9, 7). En Jean 9, 4, Jésus s'est présenté comme l'Envoyé de Dieu. Le récit rapproche symboliquement Jésus de la piscine où va se laver l'aveugle-né. Celui-ci ouvre donc les yeux pour la première fois en plongeant dans les eaux de Jésus, l'Envoyé de Dieu. Par ailleurs, l'individu lavé est aveugle depuis sa naissance. Le geste de Jésus, celui de fabriquer de la boue à partir de la salive issue de sa bouche, rappelle la création de l'humain par Yahvé dans le second récit de la Genèse (2, 4b-7). Dans le texte grec, le complément « depuis la naissance » se lit *ek genetês* : littéralement, « dès la genèse »... Lors de la guérison de l'aveugle-né, nous assistons donc à une nouvelle création de l'être humain par la grâce de Dieu (« ni lui ni ses parents n'ont péché », Jn 9, 3), parce que l'humain accepte de plonger dans le Christ. D'ailleurs, l'évangéliste utilise la forme verbale *epechrisen* : « il oignit », pour qualifier le geste de Jésus d'enduire de boue les yeux de l'aveugle. L'aveugle est « oint » comme le Christ, comme les baptisés ! Le personnage de l'aveugle-né représente donc l'humain faible, infirme, souffrant, qui a besoin d'être sauvé. Le salut proprement dit représente une nouvelle genèse, une nouvelle création, une nouvelle naissance, grâce à l'eau et à l'onction de l'Envoyé de Dieu. Pour couronner le tout, l'infirmité de l'aveugle le confine à la noirceur. Sa nouvelle naissance lui ouvre les yeux à la lumière du Christ[18]. Il faudrait faire montre de mauvaise « foi » pour ne pas « voir » dans ce récit une allégorie du baptême chrétien !

Initié au mystère de Jésus Christ, l'aveugle guéri progresse dans sa foi à partir des questions qu'on lui pose jusqu'aux réponses qu'il formule. Alors que les Pharisiens sombrent dans l'aveuglement par fierté, de son côté, l'aveugle guéri voit de plus en plus clair dans leur jeu et perçoit avec toujours plus d'acuité qui est vraiment Jésus. Sommé de renier son Sauveur et menacé d'excommunication, l'aveugle guéri choisit courageusement et librement le Christ, jusqu'aux ultimes conséquences. Désormais exclu de sa communauté d'appartenance initiale, l'aveugle guéri est accueilli par

---

[18] Jn 9, 5.

le Seigneur ressuscité et se prosterne devant lui. Son parcours de foi est complet.

Il est aussi significatif que le défi ultime posé par Jésus soit de croire au Fils de l'homme. On se rappellera que la figure du Fils de l'homme évoque le juge céleste de Daniel 7, 13-14. Saint Jean a déjà présenté Jésus comme ce Fils de l'homme descendu du ciel, devant qui le monde est jugé[19]. Il est tout à fait à propos que ce soit le Fils de l'homme qui accueille l'aveugle excommunié par les Pharisiens, renversant le jugement et effaçant sa condamnation. S'étant déjà présenté comme la Lumière envoyée par Dieu dans le monde au début du récit[20], Jésus illustre maintenant comment sa venue précipite le jugement du monde. Alors que les Pharisiens qui prétendent voir clair s'aveuglent, l'aveugle de naissance qui accepte humblement sa cécité ouvre les yeux toujours plus grand devant le Fils de l'homme[21].

Enjeux de la foi sous le thème de la lumière

Le récit de la guérison de l'aveugle-né et la controverse qui s'ensuit mettent en scène le drame de croire en Jésus pour des Juifs du temps de saint Jean. Le lecteur de l'évangile aujourd'hui est confronté, lui aussi, à ses propres craintes et à ses propres hésitations devant l'engagement de foi qui lui est proposé. L'illumination baptismale est une grâce qui ne se mérite pas, elle est

[19] Voir Jn 1, 51 ; 3, 13-15 ; 5, 22.27 ; 6, 27.53.
[20] Jn 9, 4-5.
[21] Jn 9, 39-41.

offerte à tous. Néanmoins, laisser la lumière prendre toute la place est un choix de chaque instant et il est lourd de conséquences. Nous sommes libres de nous croire clairvoyants et de nous aveugler progressivement, ou bien d'avouer notre cécité et d'ouvrir les yeux à la lumière libératrice du Christ. À ce sujet, inutile de détourner notre regard... Ouvrir les yeux entraîne la responsabilité de savoir où, par la suite, nous devons mettre les pieds. Or, suivre le Christ et marcher à sa Lumière peut engendrer des conflits avec notre milieu de vie. Témoigner en faveur de celui qui nous ouvre les yeux peut nous valoir des insultes, du mépris, de l'isolement ou de la marginalisation, voire de vivre l'exclusion. Sommes-nous prêts à voir ? Vivre en pleine lumière, cela exige le courage de nos convictions !

Chapitre 11

SORTIR DU TOMBEAU

Le récit de la sortie de Lazare du tombeau sert de prélude au drame de la Passion de Jésus. Dans le quatrième évangile, ce n'est pas la confrontation de Jésus avec les vendeurs du Temple qui conduit à son arrestation, comme c'est le cas dans les évangiles synoptiques. Saint Jean a déplacé cette confrontation au tout début de son évangile[1], ce qui lui permet maintenant d'offrir une raison davantage théologique qu'historique à la mise à mort du Christ. Après la guérison du paralytique, le discours sur le Pain de Vie et la guérison de l'aveugle-né, la tension narrative monte jusqu'à la décision des autorités juives de se débarrasser de Jésus une fois pour toutes. Cette décision est prise après le signe le plus éclatant qu'un homme puisse réaliser : faire sortir un mort de son tombeau ! Les grands prêtres et les Pharisiens ne peuvent plus tolérer le discrédit que ce faiseur de signes jette sur leur autorité. Ils doivent le supprimer coûte que coûte. Devant la mort imminente de leur maître, des

---

[1] Jn 2, 13-22.

disciples comme Marthe et Marie doivent franchir le dernier seuil de la foi, bien au-delà des signes : ouvrir toute grande la porte du tombeau. L'enjeu est de taille !

L'odeur de la mort

Le chapitre débute avec la maladie de Lazare. Celui-ci est identifié à l'aide de ses sœurs Marthe et Marie, habitant le village de Béthanie, proche de Jérusalem. C'est à Béthanie, chez Lazare, Marthe et Marie, que Jésus sera « oint » avec un parfum de grand prix, avant son entrée triomphale à Jérusalem[2]. Saint Jean brise le fil chronologique de la narration et annonce ce moment à venir pour identifier les personnages en jeu au chapitre 11[3]. Du coup, la maladie de Lazare devient un signe avant-coureur de ce qui attend son ami Jésus à Jérusalem. La crainte des disciples de revenir en Judée illustre aussi ce lien entre la mort imminente de Lazare et celle de Jésus[4]. Lors du dernier séjour à Jérusalem, Jésus est presque lapidé à deux reprises[5]. Thomas s'attend à mourir aux côtés de Jésus s'ils remettent les pieds en Judée[6]. Le parfum de nard évoqué par l'évangéliste[7] illustre l'embaumement de Jésus[8]. La mort répand déjà son odeur. Le ministère public de Jésus tire à sa

---

[2] Jn 12, 1ss.
[3] Jn 11, 2.
[4] Jn 11, 8.
[5] Jn 8, 59 et Jn 10, 31.
[6] Jn 11, 16.
[7] Jn 11, 2.
[8] Jn 12, 7.

fin. L'heure fatidique de la confrontation finale avec le pouvoir de Satan approche[9].

Dans ce contexte, les propos de Jésus étonnent : « Cette maladie ne mène pas à la mort, elle est pour la gloire de Dieu : afin que le Fils de Dieu soit glorifié par elle. » (Jn 11, 4) Le refus de Jésus de considérer la mort à venir n'empêche pas l'inévitable de se produire : « Lazare est mort, et je me réjouis pour vous de n'avoir pas été là-bas, afin que vous croyiez. » (Jn 11, 15) Est-ce à dire que Jésus comptait sur la mort de Lazare pour manifester sa gloire et susciter la foi des disciples ? Est-ce en vue de cela qu'il a retardé son départ vers Béthanie, afin de s'assurer que Lazare soit bel et bien mort[10] ? Quelle horreur !

Non, le personnage Jésus dans l'évangile de Jean n'est pas un égocentrique mégalomane, comme une lecture superficielle pourrait le suggérer. Il faut rassembler les indices qui permettent une plus juste compréhension de la portée théologique du récit.

La remarque de Jésus en Jean 11, 4 ressemble aux propos tenus au sujet de la cécité de l'aveugle-né en Jean 9, 3. Le malheur n'est ni voulu ni souhaité par Dieu ou par son Envoyé. Le malheur ou la souffrance, cela fait partie de la condition humaine en ce monde ; c'est un point de départ et non un point d'arrivée. Même Jésus n'aurait pu éviter la mort d'un ami, comme il n'a pu éviter la longue infirmité du paralytique ou la cécité de l'aveugle-né, ou ce qui est pire, comme il ne pourra pas éviter sa propre mort sur la croix. Il ne faut pas

---

[9] Jn 12, 31-33.
[10] Jn 11, 6-7.

confondre le pouvoir de vivifier du Fils de Dieu avec une quelconque maîtrise de chaque malheur possible en ce monde. Voir les limites de la puissance de Jésus sur terre sera cause de scandale pour les disciples qui s'enfuiront désespérés lorsque leur maître sera arrêté[11]. C'est en ce sens que Jésus se réjouit de ne pas avoir été là à la mort de son ami Lazare. Ses seules larmes seront déjà troublantes pour ceux et celles qui seront présents[12]. Il ne répond rien aux protestations des sœurs du défunt, lorsque celles-ci lui reprochent : « Seigneur, si tu avais été ici, mon frère ne serait pas mort. » (Jn 11, 21.32) Jésus admet volontiers qu'il ne peut pas agir tout le temps (Jn 9, 4). Par contre, il affirme sans ambages que les ténèbres n'auront pas le dessus sur la lumière. La maladie de Lazare l'a fait mourir, mais cette mort n'est pas la destinée finale de Lazare. C'est pourquoi Jésus parle du « sommeil » de son ami. Lazare pourra être « réveillé » (Jn 11, 11). Le Fils de Dieu est venu pour donner la vie aux morts, pas pour empêcher quiconque de mourir[13]. Lui-même, il devra étendre les bras et « déposer » sa vie, avant de la reprendre[14].

La glorification ultime de l'Envoyé de Dieu passe par la mort de celui-ci. La mort de Lazare préfigure celle de Jésus. Ce n'est pas un hasard si Jésus monte « réveiller » son ami après deux jours[15], soit le troisième jour ! Nul ne peut contourner la mort, même pas le Fils de Dieu.

---

[11] Jn 16, 32-33 ; 18, 8.
[12] Jn 11, 33-38.
[13] Jn 5, 21.25.
[14] Jn 10, 11.15.17-18.
[15] Jn 11, 6.

La parole qui fait vivre

De même que Dieu crée le monde et donne la vie par sa parole[16], ainsi Jésus répand la vie divine autour de lui par sa parole. Avant le geste même de faire sortir Lazare de son tombeau, Jésus sème la vie nouvelle dans le cœur de Marthe et de Marie en dialoguant avec elles.

Marthe et Marie forment ce qu'on appelle un personnage collectif. Elles sont deux, mais se comportent comme si elles étaient un. Les deux sœurs envoient conjointement le message de la maladie de leur frère à Jésus[17]. Elles se retrouvent à pleurer ensemble, à la maison, leur frère défunt, lorsque Jésus arrive sur les lieux. Les récriminations de Marthe et de Marie à l'endroit de leur maître sont les mêmes, mot pour mot[18]. Si Marthe se lève et va rejoindre immédiatement Jésus, tandis que Marie tarde[19], c'est une stratégie narrative pour permettre à l'objection centrale de se faire entendre à nouveau : « Seigneur, si tu avais été ici, mon frère ne serait pas mort ! » (Jn 11, 21.32) Le dédoublement des sœurs permet donc à saint Jean d'encadrer la promesse de vie du Sauveur[20] et l'acte de foi du disciple[21] par une double présentation de l'ambition humaine de ne pas mourir, de ne pas faire face à la mort[22].

---

[16] Gn 1, 1—2, 4a.
[17] Jn 11, 3.
[18] Jn 11, 21.32.
[19] Jn 11, 20.32.
[20] Jn 11, 25-26.
[21] Jn 11, 27.
[22] Jn 11, 21.32.

Marthe et Marie prêtent leurs voix à la communauté des disciples de Jésus. Les fidèles voudraient s'éviter la souffrance en retour de leur fidélité. Le Seigneur de la vie, en qui ils croient, pourrait-il leur épargner la mort ? La foule est encore plus critique à l'endroit du Messie : « Lui qui a ouvert les yeux de l'aveugle, ne pouvait-il pas aussi empêcher Lazare de mourir ? » (Jn 11, 37) Le silence de Jésus devant tout le monde répond à la question de cette fuite de la condition humaine par la négative.

Si l'Envoyé de Dieu ne peut pas empêcher les humains de mourir, il peut par contre les faire revivre[23]. Il s'agit cependant d'une vie autre, divine, spirituelle ; il est question en fait de la vie même de Dieu, transmise par le biais de la communion totale avec son Fils : « De même que le Père, qui est vivant, m'a envoyé et que je vis par le Père, de même celui qui me mange, lui aussi vivra par moi. » (Jn 6, 57)

Voilà pourquoi il est délicat de parler de la « résurrection » de Lazare. Oui, Lazare était mort et il est sorti vivant de son tombeau, mais il y retournera un jour ou l'autre. L'évangéliste souligne cela en Jean 12, 9-11, lorsqu'il annonce la mise à mort de Lazare, décrétée par les grands prêtres. Le « réveil » de Lazare n'est que temporaire ; il sert de signe annonciateur de la grande résurrection à venir. La résurrection dont parle Jésus lorsqu'il déclare « Je suis la résurrection et la vie » (Jn 11, 25), c'est une résurrection sans mort par la suite. Cette résurrection était attendue pour la fin des temps, comme le croit Marthe en Jean 11, 24. Jésus l'invite à actualiser son espérance au

---

[23] Jn 5, 21.25.

présent, pour quitter son deuil dès maintenant. Le Fils de Dieu obéissant, Envoyé dans le monde, porte en lui-même le don de la vie divine, celle qui ne meurt pas[24]. Il peut en faire cadeau à quiconque croit en lui. Pour recevoir la vie, il faut y croire, sans quoi on demeure dans la mort... La foi permet d'accéder à cette dimension invisible où les humains franchissent le seuil de la mort sans y rester[25]. Pour ceux qui sont encore vivants, la mort ne représente plus un obstacle infranchissable, mais une porte vers une vie plus abondante. C'est en ce sens-là que Jésus affirme : « Quiconque vit et croit en moi ne mourra pas pour toujours. » (Jn 11, 26)

C'est précisément au moment où Marthe fait sa confession de foi : « Oui, Seigneur, je crois que tu es le Christ, le Fils de Dieu, celui qui vient dans le monde » (Jn 11, 27), que le miracle a lieu. En effet, c'est par la parole que Dieu a créé le monde, c'est par la parole que l'Envoyé de Dieu offre la vie nouvelle et c'est par la parole que le croyant l'accueille en son for intérieur. Le reste n'est que manifestation externe ou « signe ».

Le signe qui interpelle

La foule n'a pas accès au dialogue qui a lieu entre Jésus et Marthe. Elle accompagnera Marie jusqu'à Jésus plus tard. Voilà l'autre grande utilité narrative du dédoublement des sœurs. La scène avec Marthe en privé permet au disciple d'accéder à une foi au Christ plus

[24] Jn 5, 26.
[25] Jn 11, 25.

profonde que la foi superficielle vécue par la foule en voyant Lazare sortir vivant de son tombeau.

Les signes ne représentent pas le point d'arrivée du parcours de foi. Ils sont des merveilles qui accompagnent la parole qui interpelle et qui sauve. Si les signes deviennent le but recherché par la foule, celle-ci s'égare et ne sait pas accueillir le don de Dieu[26]. Jésus ne cesse pas pour autant de manifester la gloire de Dieu par des signes, pour le bénéfice de tous. Aux véritables disciples de se servir des signes comme tremplins pour percer le mystère de Jésus et s'ouvrir davantage à sa parole.

Jésus offre en quelque sorte trois signes dans ce récit. Premièrement, il va de nouveau en Judée vers ses amies endeuillées, en dépit du danger qui le guette[27]. Le Christ ne songe ni à sa sécurité ni à son bien-être devant la peine de Marthe et Marie. Il pose un geste d'engagement qui préfigure le don entier de sa vie pour ses amis[28]. Deuxièmement, Jésus frémit et pleure de compassion devant la souffrance humaine[29]. Il s'expose au mépris de la foule[30], mais il demeure enraciné dans la réalité de la condition humaine, charnelle. Non seulement il n'encourage pas à fuir la mort, mais il accueille celle-ci comme le seul chemin vers le Père. Troisièmement, Jésus fait sortir son ami Lazare de son tombeau, créant un espace propice à croire en la vie sans fin qu'il vient apporter au monde, et préfigurant aussi son propre réveil d'entre les morts dans un avenir proche. La mention des bandelettes et du

---

[26] Jn 2, 23-25 ; 6, 26-27.30.
[27] Jn 11, 7-16.
[28] Jn 15, 13.
[29] Jn 11, 33-38.
[30] Jn 11, 37.

suaire de Lazare en Jean 11, 44 trouvera un écho dans les linges et le suaire laissés par le Christ à sa propre sortie du tombeau[31]. Tandis que Lazare est encore lié par les bandelettes de la mort, Jésus en sera délivré pour toujours.

Pour l'instant, le signe est accompagné de la parole du Père de la vie[32], que seul le Fils peut transmettre aux morts : « Lazare, viens dehors ! » (Jn 11, 43)

La décision de tuer

Saint Jean oppose immédiatement le don de la vie effectué par Jésus à la décision du grand conseil juif, le Sanhédrin, de mettre Jésus à mort. Ce paradoxe voulu souligne que l'on cherche à tuer celui qui donne la vie.

Le signe accompli par Jésus est parvenu aux oreilles des autorités juives. Celles-ci craignent un soulèvement populaire à la faveur du « faiseur de signes ». L'occupant romain ne tolèrera pas de manifestation tumultueuse pendant la fête de la Pâque, qui approche à grands pas. Cela s'explique bien ! La Pâque est la fête la plus importante en Israël, célébrant la libération du joug égyptien et la naissance de la nation. D'aucuns seraient tentés de célébrer en refaisant l'exploit de la libération, cette fois-ci, du joug romain. Le risque d'une révolte ouverte contre Rome pendant la Pâque est élevé, surtout si un candidat au titre de Messie libérateur se promène en ville et dans le Temple, en faisant des signes, des signes merveilleux qui pourraient être interprétés par

[31] Jn 20, 6-8.
[32] Jn 11, 41-42.

la foule comme un « feu vert » de la part de Dieu à la rébellion. Sans aucun doute, un tel scénario se solderait par une répression militaire immédiate : un véritable bain de sang parmi les habitants et les pèlerins, venus nombreux à la fête.

Les préoccupations du Sanhédrin ne sont donc pas sans fondement ; elles sont au contraire très réalistes, indépendamment des intentions réelles, bonnes ou mauvaises, de l'individu Jésus[33]. Par la voix du grand prêtre Caïphe, Jean exprime sa compréhension de la décision de faire mourir Jésus, prise par le grand conseil réuni en séance extraordinaire : « Il est de votre intérêt qu'un seul homme meure pour le peuple et que la nation ne périsse pas tout entière. » (Jn 11, 50) Selon Jean, la décision fut politique et pragmatique : mieux valait condamner à mort un individu, fût-il innocent, que de laisser les Romains massacrer la population dans l'éventualité d'une manifestation. Le calcul des chefs contraste avec le refus de Jésus de calculer ses chances de survie s'il se rend en Judée[34].

Par ailleurs, toujours habile dans l'emploi de l'ironie et des niveaux de sens superposés, saint Jean propose de relire la condamnation à mort de Jésus en termes théologiques :

> Or cela, il ne le dit pas de lui-même ; mais, étant grand prêtre cette année-là, il prophétisa que Jésus allait mourir pour la nation – et non pas pour la nation seulement, mais encore afin de rassembler dans l'unité les enfants de Dieu dispersés. (Jn 11, 51-52)

---

[33] Jn 11, 47-48.
[34] Jn 11, 7-16.

Saint Jean nous avertit que son personnage Caïphe vient de proclamer une vérité qui le dépasse. Caïphe ne songe qu'à épargner la vie physique des citoyens, mais de fait, selon Jean, la mort de Jésus sur la croix donnera la vie en abondance à tous les enfants de Dieu dispersés sur la terre. La mort de l'innocent sera infiniment plus féconde que son bourreau ne pouvait le concevoir. Pareillement, les sages d'Israël ont prophétisé sans le savoir la chute de Jérusalem et le succès du christianisme :

> Si nous le laissons ainsi, tous croiront en lui, et les Romains viendront et supprimeront notre lieu (saint) et notre nation. (Jn 11, 48)

De fait, en dépit de leurs efforts pour étouffer l'affaire Jésus – ou plutôt, *à travers* leurs efforts, qui culmineront dans l'élévation en croix du Fils de l'homme, celui-ci attirera le regard et la foi d'une multitude de croyants de tous horizons[35]. Étant mis à mort, le Christ répandra d'autant plus puissamment la vie de Dieu, comme nous le verrons plus loin dans ce livre.

Vivre ou mourir : l'enjeu ultime

Le talent de saint Jean lui a permis de nous amener comme lecteurs au seuil du récit de la Passion, en ayant tous les éléments qu'il nous faut pour bien interpréter les derniers jours de la vie de Jésus. L'évangéliste nous a confrontés aux divers enjeux que comporte la décision

[35] Jn 12, 20-33.

de croire en Jésus Christ. Au fil de son dernier récit, saint Jean a dissocié la mort physique de la mort spirituelle. Comme Marthe et Marie, nous sommes conviés à ne pas nous dérober à la mort physique, qui fait inévitablement partie de notre condition humaine en tant que mortels, êtres de chair. En même temps, l'auteur réussit à nous éveiller à une autre dimension de l'existence, celle de la vie divine qui se répand dans nos cœurs, si nous acceptons de faire confiance à l'Envoyé de Dieu qui veut nous la communiquer.

Selon Jean, alors que personne ne peut choisir de se dérober à la mort, il est impérieux de choisir de vivre, en s'ouvrant au don que Dieu nous fait en son Fils Jésus. Nous ne pouvons pas contourner la mort. Le rendez-vous est inévitable. Cependant, nous pouvons y aller de reculons, en craignant d'y perdre la vie pour toujours, ou bien nous pouvons choisir d'y aller de l'avant, en faisant confiance au Dieu de la vie, dans la personne de son Fils.

Nous ne contrôlons pas le souffle de vie qui nous habite. Nous avons la possibilité de mourir en vie, de peur, de rage, de révolte, en nous fermant aux autres et en gardant jalousement notre bien le plus précieux. Nous avons aussi la possibilité de vivre, même en expirant, si nous nous ouvrons, confiants, à l'avenir inédit de Dieu et aux gens qui nous entourent, en offrant sans réserve notre bien le plus précieux.

En dépit des aléas de l'existence, à travers les malheurs et les souffrances qui nous assaillent, nous avons le choix de vivre ou de mourir en tout temps, de nous enfermer ou de sortir de nos tombeaux. Puisse la voix du Fils de Dieu nous délier de nos peurs : « Lazare, viens dehors ! »

Chapitre 12

TÉMOIGNER EN PLEIN JOUR

Le procès romain de Jésus est un épisode de l'évangile très soigneusement construit du point de vue littéraire. Les scènes dont il est composé son aisément repérables grâce aux déplacements de Pilate, qui sort du prétoire pour s'entretenir avec les Juifs ou qui rentre pour dialoguer avec Jésus[1]. Le juge de Jésus est en fait le gouverneur romain de la Judée. Il a reçu les pleins pouvoirs de l'empereur Tibère par procuration[2]. Il peut donc promulguer et faire respecter les lois, administrer la province, mobiliser les troupes, juger personnellement les

[1] Décrite pour la première fois par A. Janssens de Varebeke en 1962, cette alternance des scènes extérieures et intérieures est généralement reconnue depuis comme l'élément structurant le procès de Jésus dans le récit de Jean.

[2] N'étant pas tout à fait pacifiée, la province conquise de Judée relevait directement du pouvoir militaire sur place, au lieu d'être gouvernée par un légat du sénat romain, comme c'était le cas de la Syrie. Ponce Pilate est appelé *hêgemôn* (= gouverneur) dans Matthieu 27, 2 et Luc 3, 1 ; 20, 20. Le titre de procurateur sera davantage utilisé à partir du règne de l'empereur Claude, une quinzaine d'années après le procès de Jésus. Techniquement parlant, Pilate était *praefectus Iudaeae* (= préfet de Judée), *eparchos* en grec, comme l'inscription latine trouvée à Césarée en 1961 le confirme. Quel que soit le titre précis, Ponce Pilate exerçait, au nom de l'empereur, le pouvoir absolu en Judée.

individus et les faire exécuter à sa guise, même s'il doit finalement rendre des comptes à l'empereur. Ayant droit de vie ou de mort sur l'ensemble de ses sujets, Ponce Pilate « règne » en maître incontesté sur la Judée. Le procès romain de Jésus est ainsi l'occasion pour saint Jean de confronter la royauté de César avec celle du Christ, de contester le pouvoir du Prince de ce monde[3] par le témoignage du Fils de Dieu[4], témoignage livré en plein jour, du haut du tribunal romain à Jérusalem. L'évangéliste se montre au sommet de son art.

Dehors : mise en accusation

Le procès commence à l'aube du vendredi 14 nisan[5], jour de préparation pour la Pâque juive, célébrée dès la tombée du soir. En effet, les jours juifs commençaient la veille au soir, de sorte que le grand repas pascal du samedi 15 nisan se mangeait la veille, le vendredi, après le coucher du soleil, au début du sabbat. Ce repas commémorait le passage de l'ange exterminateur, frappant les premiers-nés d'Égypte et épargnant ceux d'Israël. Le repas sacré, pris à la hâte, debout et en vêtements de voyage, préludait à la libération du joug égyptien. Les foyers hébreux étaient protégés par le sang de l'agneau sans défaut qu'ils mangeaient et qu'ils avaient préalablement égorgé en fin d'après-midi. Tous

---

[3] Jn 12, 31.
[4] Jn 18, 37.
[5] Premier mois de l'année dans le calendrier juif, lunaire, correspondant à mars – avril. La Pâque était célébrée à l'occasion de la pleine lune du printemps (Ex 12, 1-14 ; Lv 23, 5-8).

ces détails traditionnels sont d'une importance capitale pour bien saisir la théologie de saint Jean.

Les chefs juifs amènent Jésus au prétoire (résidence du gouverneur romain et siège du pouvoir impérial) aussitôt que le jour se lève. Ils comptent bien liquider l'affaire suffisamment tôt, afin de pouvoir officier au sacrifice des agneaux au Temple en après-midi, question d'être prêts pour la fête du soir. Jésus doit être éliminé avant la Pâque pour minimiser tout risque de révolte populaire puis de répression militaire romaine. Les prêtres eux-mêmes n'entrent pas dans le prétoire pour ne pas devenir « impurs » rituellement et pouvoir remplir leurs fonctions sacerdotales en après-midi. Le procès aura donc lieu dehors, dans la cour du prétoire, où le gouverneur fera installer son siège de magistrat suprême[6].

Le procès commence d'ailleurs par cette distance souhaitée par les prêtres, qui n'est surtout pas de nature à mettre de bonne humeur le représentant de l'empereur, à six heures du matin !

Le premier dialogue entre Pilate et les chefs juifs illustre les relations tendues entre les deux instances. On penserait qu'il est tout à fait naturel que Pilate demande aux prêtres le chef d'accusation contre Jésus, comme il l'a fait dès le départ[7]. Il s'agit en fait de la première insulte lancée aux autorités juives, probablement en riposte à leur refus de se « souiller » chez un Romain. En effet, la réponse des prêtres est confuse et évasive : « Si ce n'était pas un malfaiteur, nous ne te l'aurions pas livré. » (Jn 18, 30) Les chefs juifs ont déjà jugé Jésus et ils exigent

[6] Jn 19, 13.
[7] Jn 18, 29.

l'aval impérial à leur condamnation de l'accusé. Pilate leur dame le pion en lançant son propre procès de Jésus. Il refuse d'accepter sans plus leur avis. C'est pourquoi il demande quel est le chef d'accusation et non quelle est la sentence décrétée par le Sanhédrin. Les prêtres tentent pour leur part de faire comprendre au gouverneur que l'affaire est close, mais alors Pilate ne joue plus : « Prenez-le et jugez-le selon votre Loi. » (Jn 18, 31a) Pilate refuse de se prêter au jeu de la marionnette officielle. Il extorque alors des autorités juives l'aveu humiliant suivant : « Il ne nous est pas permis de mettre quelqu'un à mort. » (Jn 18, 31b) En dépit de leur bravade, les prêtres juifs ont besoin de Pilate pour exécuter Jésus.

Sur le plan théologique, saint Jean contraste le souci de pureté rituelle des prêtres avec leur moindre souci que justice soit rendue. Ils sont pressés de fêter la libération, mais pour cela il leur faut auparavant expédier un prisonnier au gibet ! Questionnés sur le chef d'accusation, ils sont incapables d'en fournir un qui tienne la route et se rabattent sur le terme on ne peut plus général de « malfaiteur » (Jn 18, 30) ; Jésus les avait déjà mis au défi de trouver « mauvaise » une seule de ses bonnes œuvres[8]. Néanmoins, la nuit de Judas achève[9]. Le jour se lève sur leurs actions et leurs véritables intentions[10]. En dépit de leurs manigances, c'est la parole de Jésus qui se réalise[11]. En effet, en Jean 12, 31-33, Jésus avait prédit que sa mort serait une élévation de terre. Du moment

[8] Jn 10, 32.
[9] Jn 13, 30.
[10] Jn 18, 28.
[11] Jn 18, 32.

que Pilate est chargé du procès, l'exécution romaine des vaincus prévaudra, soit la crucifixion. Dès le début de ce procès, les prêtres et Pilate luttent pour établir leur pouvoir. Ironiquement, d'après le point de vue de l'évangéliste, c'est Jésus qui mène en fin de compte...

Dedans : Premier interrogatoire

Satisfait de l'humiliation infligée à ses hôtes, le gouverneur se retire à l'intérieur du prétoire pour interroger le prisonnier à son aise, mettant une fois de plus les Juifs à l'écart des procédures légales (autre insulte !). Ce mouvement permet à saint Jean de créer un espace privé d'entretien entre Pilate et Jésus, espace toujours nécessaire à la révélation dans les dialogues johanniques.

Le gouverneur va droit au but en questionnant Jésus sur ses prétentions messianiques : « C'est toi, le roi des Juifs ? » (Jn 18, 33) Le seul chef d'accusation que Pilate veuille punir est celui de sédition. En tant que responsable devant l'empereur de l'ordre public en Judée, Ponce Pilate a tout intérêt à s'assurer que la Pâque se passe sans incident fâcheux qui puisse parvenir aux oreilles de Tibère César. Le gouverneur n'est pas sans connaître la portée politique de la Pâque juive ainsi que des aspirations des Juifs pieux à la libération du joug romain sous la conduite d'un roi comme David, le Messie attendu. Avec un nom signifiant « le Fils du Père », Barabbas avait été appréhendé comme instigateur révolutionnaire. Avec un nom signifiant « Yahvé sauve », Jésus pouvait être tout aussi dangereux... Cependant, le chef militaire romain qu'est

Pilate a déjà vu plus menaçant que ce Jésus qui déplaît tant aux prêtres. Sa question contient donc une note d'ironie, voire de sarcasme : « C'est *toi*, le roi des Juifs ? » Le stratège de Rome est loin d'être impressionné.

Jésus confronte Pilate à la source de son savoir : « Dis-tu cela de toi-même ou d'autres te l'ont dit de moi ? » (Jn 18, 34) Cette remarque fait preuve d'une souveraineté exemplaire. Au lieu de supplier son juge de lui épargner la vie, Jésus relativise d'emblée toute conclusion à laquelle le gouverneur pourrait parvenir. C'est comme s'il lui disait : « Je me passe de ton jugement. » Ou, pire encore, c'est comme s'il disait : « C'est tout ce que ça vaut, une enquête impériale ? » Pilate a bien pu sortir de ses gonds et demander à Jésus de prendre son procès au sérieux :

> Est-ce que je suis Juif, moi ? Ta propre nation et les grands prêtres t'ont livré à moi. Qu'as-tu fait ? (Jn 18, 35)

Le juge signale à l'accusé l'extrême précarité de sa situation. Un Romain ne demandera pas mieux que d'exécuter un Juif insolent. Jésus ne jouit même pas du soutien de ses chefs, qui l'ont livré d'eux-mêmes à la justice romaine. Son sort dépend entièrement de la bienveillance du gouverneur.

Souverainement, Jésus livre son témoignage : « Ma royauté[12] à moi n'est pas de ce monde... » (Jn 18, 36)

---

[12] *La Bible de Jérusalem*, la *Bible en français courant* et la *Bible* d'Osty-Trinquet traduisent le terme grec *basileia* par « royaume », donnant à penser que Jésus est roi ailleurs : « Mon royaume n'est pas de ce monde. » Avec la *Traduction Œcuménique de la Bible* et la *Bible – Nouvelle Traduction*, je préfère la traduction « royauté », qui fait voir que Jésus est roi même au prétoire romain, bien que d'une

Il se présente comme un roi puissant et efficace. Sa situation apparente n'est ni un échec ni un désaveu de sa royauté, car celle-ci s'exerce d'une façon autre que celle attendue par Pilate.

L'enquêteur souligne l'aveu implicite de l'accusé : « Tu es donc roi, n'est-ce pas ? » (Jn 18, 37) C'est en vain, car Jésus se désolidarise de la définition romaine de la royauté : « C'est toi qui dis que je suis roi. Moi, j'ai été engendré et je suis venu dans le monde pour rendre témoignage à la vérité. Quiconque est de la vérité écoute ma voix. » (Jn 18, 37) À la conception politique et militaire de la royauté de Pilate, Jésus oppose sa conception prophétique : il est roi en tant que *témoin* de la vérité. Il exerce sa royauté en disant la vérité et son jugement selon l'écoute des individus devant lui.

L'auteur du quatrième évangile prétend au rôle de témoin[13], ce qui est étayé au deuxième chapitre de ce livre et ce qui a motivé le choix du titre de ce livre : *Le quatrième témoin*. Nous constatons ici que saint Jean aspire à témoigner fidèlement de la vérité qui lui a été révélée par Jésus, le témoin par excellence. Jésus est le premier témoin de la vérité, qu'il a connue en étant tourné vers le Père[14]. D'après le portrait qu'en fait son disciple bien-aimé, Jésus n'est roi que parce qu'il est en tête des témoins. Menacé de mort, Jésus demeure au service de la vérité et témoigne de celle-ci au grand jour devant celui qui peut le faire mourir, Pilate.

---

manière différente de celle envisagée par les hommes : « Ma royauté à moi n'est pas de ce monde. »

[13] Jn 19, 35.

[14] Jn 1, 16-18.

La célèbre question de Pilate : « Qu'est-ce que la vérité ? » (Jn 18, 38) n'est pas d'ordre philosophique, mais bel et bien politique et pragmatique. Elle signifie le désintérêt total du gouverneur romain pour la recherche des faits. Ne comptent à ses yeux que les forces en jeu dans une situation donnée. D'ailleurs, le préfet n'a pas de temps à perdre avec ces considérations spirituelles. Il n'attend même pas la réponse de Jésus et sort faire face à ses adversaires politiques. Son idée est faite.

Dehors : Première délibération

Pilate déclare publiquement que lui, après s'être renseigné, ne trouve aucun motif valable pour condamner à mort le prisonnier. D'une part, le gouverneur est rassuré quant au danger politique que Jésus pourrait incarner, s'il était libéré. Ce Juif rêveur est un doux agneau, pas un loup comme Barabbas ! D'autre part, le représentant de l'empereur n'est pas disposé à se faire dicter ses sentences par le Sanhédrin. Il lui faut donc trouver une façon d'avoir raison, tout en ménageant une sortie honorable aux chefs juifs. C'est ainsi qu'il suggère lui-même de gracier Jésus au lieu de l'exécuter, en vertu de la coutume de libérer un prisonnier à l'occasion de la fête de la Pâque. L'individu qui se prétend « le roi des Juifs » ne subirait donc pas la peine capitale, mais le fait qu'il soit gracié au lieu d'être déclaré innocent laisserait intacte la dignité du grand conseil juif l'ayant condamné à mort. C'est diplomatique et astucieux, pour autant que les grands prêtres veuillent bien jouer le jeu...

Pilate risque un plan de résolution de conflit avec ses adversaires politiques, mais il essuie un refus catégorique de la part des autorités juives. Celles-ci réclament plutôt la libération de Barabbas. Maintenant que Pilate a offert de gracier quelqu'un en vertu de la coutume pascale, il ne peut plus reculer, mais il se retrouve à devoir libérer un prisonnier véritablement dangereux. C'est loin de faire son affaire. Il doit reprendre la situation en main, car elle est en train de lui échapper. C'est pourquoi il rentre au prétoire ourdir un nouveau plan.

Sur le plan théologique, les prêtres compromettent davantage leur sens de la justice en exigeant la libération d'un brigand plutôt que celle d'un homme innocent. Ils se trouvent bien loin de leur propre loi de sainteté. En fait, l'échange avec le gouverneur révèle qu'ils participent à la délibération du procès romain, devant trouver un terrain d'entente avec ce païen au pouvoir. La frontière entre ce qui est juif et ce qui est romain est en train de s'estomper.

Dedans : Couronnement et salutation

Dans les récits synoptiques de la Passion, la flagellation et le couronnement d'épines suivent la condamnation à mort et servent de jeu macabre à la soldatesque avec un homme destiné à mourir[15]. Saint Jean place

[15] L'expression américaine *walking dead man* illustre bien la situation irréversible du condamné. Les jeux cruels auxquels se livrent les soldats ressemblent aux jeux des prédateurs avec leurs proies blessées, avant de les achever. Cela nous rappelle, hélas, l'héritage de la bête que nous portons en nous.

cette scène au centre du procès, afin de lui conférer une importance accrue.

Jésus est placé au centre et il subit les horreurs conçues par notre cruelle humanité. Après être déshabillé et lacéré par les fouets romains, il est couronné d'épines et revêtu d'un manteau pourpre, la couleur royale. Les soldats, qui ne demandent qu'à se défouler sur l'un de ces Juifs qu'ils haïssent, parodient les hommages dus aux rois. Ils s'avancent chacun à leur tour et frappent le prisonnier, plutôt que de lui faire la révérence.

Écrivant toujours à deux niveaux de sens, saint Jean y voit le couronnement royal du Christ et la reconnaissance de sa Seigneurie par les païens. Au centre du procès de Jésus, ces mots, bien qu'ironiques, prennent toute la place : « Salut, roi des Juifs ! » (Jn 19, 3) Comme les grands prêtres, qui prophétisent malgré eux la vie qui jaillira de la croix, la chute de Jérusalem et de son Temple et l'essor de la foi chrétienne[16], les soldats romains ne se doutent pas de la vérité profonde qu'ils parodient avec cruauté. Saint Jean invite pourtant ses lecteurs à reconnaître précisément dans le couronnement d'épines le moment tant attendu du couronnement du Messie, roi d'Israël.

Dehors : Deuxième délibération

Le récit du procès de Jésus est construit de façon concentrique. Tout en allant droit vers le dénouement, du point de vue narratif, saint Jean reprend dans l'ordre

[16] Jn 11, 45-53.

inverse les étapes déjà franchies, afin de les approfondir et de mettre en lumière leurs liens organiques. C'est ainsi qu'après la flagellation et le couronnement de Jésus, au centre du procès, a lieu une deuxième délibération sur son sort, parallèle à la première. Dans les deux cas, Pilate sort délibérer avec les Juifs.

« Voici l'homme ! » (Jn 19, 5) Ces mots célèbres de Pilate visent à présenter Jésus dans le dénuement le plus total devant les prêtres qui souhaitent sa mort. Le gouverneur a conçu un nouveau stratagème pour convaincre les prêtres de négocier de bonne foi. En effet, il dit ramener Jésus dehors parce qu'il ne trouve toujours pas en lui motif de condamnation. Pilate réaffirme sa position et l'illustre avec le piteux spectacle offert par le prisonnier malmené. « Voici l'homme ! » est une façon pour le préfet de souligner devant ses adversaires politiques la non-dangerosité de l'accusé[17]. Celui-ci a été châtié au point qu'il ne recommencera sûrement pas à nuire. Inutile donc de forcer la peine capitale. Pilate suggère plutôt aux prêtres de se satisfaire de ce châtiment corporel puisque Jésus est déjà à moitié mort. Une fois de plus, le gouverneur offre aux autorités juives un compromis en vue de sauvegarder leur honneur, de part et d'autre.

Contre toute logique, les grands prêtres et les gardes juifs vocifèrent : « Crucifie-le ! » (Jn 19, 6) Leur intransigeance exaspère le stratège romain, qui les remet brutalement à leur place : « Prenez-le et crucifiez-le vous-

[17] À un autre niveau de lecture, plus profond et théologique, Pilate énonce à son insu une vérité qui le dépasse : « Voici l'homme ! » désigne Jésus comme le nouvel être humain, le véritable, celui qui plaît à Dieu par son obéissance et sa justice, contrairement à l'humanité pécheresse descendant du premier Adam ayant désobéi.

mêmes ; quant à moi, je ne trouve pas en lui motif de condamnation. » (Jn 19, 6) Le Sanhédrin a déjà avoué qu'il n'a pas le droit de mettre à mort un accusé[18]. Impossible de crucifier qui que ce soit sans le consentement du gouverneur romain. La repartie de Pilate trace la ligne en deçà de laquelle il n'est pas prêt à céder. Les Juifs doivent négocier s'ils veulent avoir la peau de Jésus. On voit bien que Ponce Pilate n'éprouverait aucun remords à tuer un innocent. Il ne cherche pas à épargner la vie de Jésus, mais à asseoir son autorité devant le Sanhédrin.

Les grands prêtres ne se montrent pas très coopératifs. Eux non plus ne sont pas prêts à céder. Ils renvoient donc le gouverneur à ses devoirs en déposant un deuxième chef d'accusation : « Nous avons une Loi et d'après cette Loi il doit mourir, parce qu'il s'est fait Fils de Dieu. » (Jn 19, 7) Les autorités juives essaient toujours de se distancier de la loi romaine en mettant en évidence que la condamnation à mort de Jésus repose sur le droit juif. Ils n'ont besoin que de l'aval de l'occupant militaire. Pilate se voit ainsi forcé de conduire un deuxième interrogatoire en dedans, parallèle au premier.

Dedans : Deuxième interrogatoire

L'évangéliste nous dit que ce deuxième chef d'accusation effraya Pilate[19]. Quelle est la cause de cet émoi ? Saint Jean ne nous le dit pas. Plusieurs hypothèses sont

---

[18] Jn 18, 31.
[19] Jn 19, 8.

possibles ; il faut les évaluer à la lumière de la suite du procès.

Se pourrait-il que le gouverneur soit enfin touché par la peur de déplaire à Dieu (ou aux dieux païens, dans son cas) ? Si l'individu qu'il avait entre les mains s'avérait être un « homme divin », Pilate serait en train de jouer une partie d'échecs plutôt dangereuse avec les Juifs. Ou serait-ce, de façon plus pragmatique, que le gouverneur craigne maintenant l'intransigeance des chefs juifs, une intransigeance à laquelle il ne s'attendait pas ? Chose certaine, jusqu'à présent, les négociations ont conduit à des impasses malgré les tentatives d'en arriver à un compromis acceptable par les deux parties. Cela n'est pas de bon augure la veille de la Pâque : les Romains risquent de se retrouver avec une rébellion si rien n'est fait pour calmer les chefs juifs, tout en les remettant à leur place. Le gouverneur craindrait-il pour son poste s'il lui faut mater une émeute dans le sang ? Compte tenu du contexte, toutes ces perspectives semblent plausibles.

Lors du premier interrogatoire, Pilate avait demandé à Jésus « Qu'as-tu fait ? » (Jn 18, 35), puisque les prêtres l'accusaient d'être un « malfaiteur » (Jn 18, 30). Maintenant qu'on accuse Jésus de se prétendre « Fils de Dieu », Pilate lui pose la question : « D'où es-tu ? » (Jn 19, 9) Jésus garde le silence. C'est un instant de grâce, un retournement de la situation est possible. C'est un moment crucial où Pilate doit se faire lui-même une idée à partir des paroles de « l'homme » et de son aspect. Comme tous les personnages depuis le début de l'évangile, Ponce Pilate est confronté au mystère de l'identité ou de l'origine véritable de Jésus. Par contre, à la différence des autres personnages, il bénéficie d'un signe éclatant, devant lui : un « homme » défiguré, saignant de la tête aux pieds, couronné d'épines et vêtu de pourpre et qui, pourtant, met hors d'eux-mêmes les grands prêtres de Jérusalem et menace ainsi la paix romaine... La vision a en effet quelque chose d'effrayant !

Le gouverneur est outré par le silence de son prisonnier. Comme auparavant, lors du premier interrogatoire, Pilate menace Jésus avec le pouvoir qu'il possède de le gracier ou de l'exécuter[20]. C'est alors que tombe l'avis du roi des Juifs : « Tu n'aurais aucun pouvoir sur moi, si cela ne t'avait été donné d'en haut ; c'est pourquoi celui qui m'a livré à toi a un plus grand péché. » (Jn 19, 11) Non seulement Jésus ne se comporte pas en victime, mais il révèle à Pilate, en roi prophétique qu'il est, que le pouvoir du gouverneur romain est illusoire. Pilate est une marionnette de l'empereur et, maintenant, il n'est pas mieux qu'une marionnette des Juifs. Tout en rendant son jugement en catégories religieuses, non politiques, Jésus décharge même Pilate du « plus grand péché ». Pour l'homme fort de Judée, se voir ainsi pris en pitié par son prisonnier est un ultime affront ! Il doit à tout prix obtenir réparation et vite...

Le gouverneur est plus que jamais décidé à relâcher Jésus[21], non par culpabilité ou remords, mais bien pour ne pas céder aux manipulations. Il doit faire sentir son pouvoir aux Juifs et faire respecter son autorité, s'il veut rester en place. Par contre, en même temps, il sait

---

[20] Jn 19, 10.
[21] Jn 19, 12.

qu'il a besoin de leur collaboration pour garder la paix à Jérusalem et faire bonne figure devant l'empereur.

Les grands prêtres se servent alors de l'arme ultime des « lobbyistes » : ils menacent le gouverneur de remettre en question sa fidélité à Tibère César : il hésite à exécuter un prétendant à la royauté, un rival de l'empereur[22]. Le roi des Juifs doit mourir, seul César est roi !

Dehors : Pacte et sentence

En refusant de négocier et en cherchant à soumettre Pilate de force, les grands prêtres viennent de commettre une bévue impardonnable. Le préfet saisit l'opportunité au vol et orchestre en grande pompe le dénouement du procès.

Le prisonnier est conduit dehors. Le gouverneur sort et se dirige vers le « haut lieu » (sens de l'hébreu *gabbatha*), le dallage en pierre qui sert d'estrade dans la cour du prétoire. Il est midi, nous avertit saint Jean. C'est l'heure de faire la lumière ! Sur le siège (*bêma*, en grec) du juge, quelqu'un s'assoit. La forme verbale *ekathisen* laisse planer l'ambiguïté sur l'identité du juge, car elle peut être prise soit au sens intransitif « il s'assit » (Pilate), soit au sens transitif « il fit asseoir » (Jésus). Connaissant le goût de l'évangéliste pour les techniques du malentendu, du double sens et de l'ironie, on sait que c'est voulu ! Au premier niveau de lecture, il faut voir Pilate prendre sa place de haut magistrat de

[22] Jn 19, 12.

l'empire pour rendre verdict et sentence. Au second niveau, théologique, c'est Jésus qui est assis en juge suprême devant la foule et le gouverneur. Ces derniers se condamnent eux-mêmes en désavouant le Fils de l'homme descendu du ciel. En un verset à peine, le procès de Jésus est devenu le procès du monde, voire le jugement dernier ! L'accusé est le véritable juge et personne ne s'en aperçoit, sauf le lecteur. La scène acquiert des dimensions cosmiques. Quelque chose de beaucoup plus grave que le sort d'un seul individu est mis à jour. C'est le sort du monde qui refuse la lumière de Dieu venue dans le monde[23].

À midi donc, Pilate montre Jésus et dit : « Voici *votre* roi ! » (Jn 19, 14) C'est de la provocation, et très bien calculée. Les grands prêtres tombent illico dans le piège et vocifèrent : « À mort ! À mort ! Crucifie-le ! » (Jn 19, 15) Pilate referme le piège derrière eux en demandant : « Crucifierai-je *votre* roi ? » Le gouverneur accepte de jouer la carte de l'empereur mais fait tourner le jeu au désavantage des Juifs. Ces derniers se retrouvent maintenant dans l'embarras. Il leur faut choisir pour roi soit Jésus, représentant de Dieu, ou Pilate, représentant de César. Si lui, Pilate, peut être accusé de complot contre César, à plus forte raison les Juifs qui ont un autre roi que César courent le risque d'être exterminés. Les grands prêtres sont ainsi contraints de prêter allégeance publiquement à l'empereur, en échange de l'exécution qu'ils sollicitent auprès du gouverneur romain. Pilate a réussi à extorquer des autorités juives leur entière

---

[23] Jn 1, 9-11 ; 3, 19.

soumission à Rome : « Nous n'avons pas d'autre roi que César », confessent-elles[24]. Alors, et seulement alors, le préfet de Judée acquiesce à leur demande et condamne Jésus à mourir crucifié pour sédition contre l'empereur, même si l'accusation est sans fondement.

Sur le plan théologique, saint Jean nous démontre que le procès de Jésus est en fait le procès du monde. Le fait que Jésus puisse être condamné à mourir révèle la méchanceté du monde, soumis au pouvoir du Malin. Pilate et les grands prêtres sont trop pris dans les engrenages du pouvoir pour reconnaître leur cécité, leur besoin de salut, et venir humblement à la lumière de l'Envoyé de Dieu. De façon encore plus tragique, les représentants du peuple choisi font alliance avec Pilate plutôt qu'avec l'Agneau de Dieu. Il n'y a pas plus triste scène dans tout l'évangile que de voir les prêtres du Temple de Yahvé déclarer publiquement : « Nous n'avons pas d'autre roi que César. » Du coup, la frontière entre Pilate et les Juifs tombe définitivement. Si ces derniers sont des sujets soumis à l'empereur romain, en la personne de Ponce Pilate, n'est-ce pas alors que, dans un certain sens, Pilate devient aussi un Juif malgré lui, en tant que roi des Juifs ? À la lumière de la fin du procès, la question du préfet en Jean 18, 35 (« Est-ce que je suis Juif, moi ? ») porte une vive pointe d'ironie sous la plume de saint Jean. Puisque le mot « Juif » ne désigne plus dans le quatrième évangile la famille d'Israël qui fait alliance avec Yahvé, mais bien la famille de César qui fait alliance avec le pouvoir du Prince de ce monde,

---

[24] Jn 19, 15.

Satan, en s'opposant à l'Envoyé de Dieu, alors oui, quoi qu'il en pense, Pilate est une sorte de Juif qui s'ignore !

Pilate reprend son pouvoir

Le récit du procès de Jésus met en lumière les ambitions de chaque personnage. Jésus veut régner en tant que témoin, en faisant éclater la vérité au grand jour, même au prix de sa vie. Quant à eux, les grands prêtres juifs et le gouverneur romain n'ont que faire de la vérité. Ils se livrent à une joute sans merci pour déterminer qui détient le pouvoir à Jérusalem. Le pacte implicite auquel ils parviennent à la fin du procès tient à peine sur un fil. Il repose sur le compromis suivant : Pilate leur livre Jésus, mais le Sanhédrin reconnaît la souveraineté de César. Les prêtres paient chèrement le droit de se débarrasser de Jésus. Et Pilate en rajoute au moment de la crucifixion. Il fait placer sur la croix de Jésus un écriteau portant le motif de sa condamnation : « Jésus le Nazôréen, le roi des Juifs. » (Jn 19, 19) L'humiliation que Pilate a infligée au Sanhédrin est qu'il a fait semblant de mater une révolte juive avec l'appui des grands prêtres, faisant d'eux des traîtres devant le peuple juif. De plus, Pilate prend soin que cet affront soit publicisé en hébreu, en grec et en latin, au vu et au su de tout le monde. Les grands prêtres tentent désespérément de faire corriger l'écriteau pour qu'il soit plutôt inscrit : « Cet homme a dit : Je suis le roi des Juifs. » C'est peine perdue. Pilate cachait une dernière carte dans son jeu et la sort dès maintenant pour remporter la mise de façon souveraine : « Ce que j'ai écrit, je l'ai écrit. »

Sur le plan théologique, une fois de plus, saint Jean fait proclamer la vérité sur Jésus par un personnage antagoniste, à son insu. C'est la dernière ironie du récit johannique de la Passion, que Jésus soit reconnu officiellement, dans les trois langues parlées de la Judée, comme le véritable roi des Juifs.

Chapitre 13

CONTEMPLER LA CROIX

La scène a été immortalisée par plus d'un artiste au cours de l'histoire. Debout, au pied de la croix, se tient saint Jean l'évangéliste, accompagné de Marie, la mère de Jésus, ainsi que d'autres femmes. L'art occidental s'appuie souvent sur la version du quatrième évangile lorsqu'il s'agit de représenter le Christ en croix. Et pour cause ! N'est-il pas tout naturel de se fier à la version du seul témoin oculaire de la scène ayant rédigé un évangile ? Pourtant, le disciple qui se tient avec la mère de Jésus au pied de la croix n'est jamais identifié par son prénom. La mère de Jésus n'est pas désignée par son prénom, non plus. Mère et disciple contemplent la croix et c'est à cette contemplation que tous les lecteurs disciples sont invités.

En effet, nous avons constaté à maintes reprises au cours de notre lecture de l'évangile spirituel que toute la narration est orientée – tendue même – vers le dénouement tragique de la croix. Dès le prologue, l'évangéliste nous avertit du rejet subi par le Verbe-Lumière venu dans le monde[1]. Le premier des signes accomplis par

[1] Jn 1, 11.

Jésus, à Cana, annonce déjà l'heure décisive qu'auront à vivre Jésus, sa mère et son disciple au pied de la croix[2]. Nous y sommes !

La mise en croix

Les derniers moments de la vie de Jésus sont racontés avec sobriété et solennité par le quatrième évangéliste. Celui-ci nous fait part de six événements ayant lieu depuis sa condamnation à midi jusqu'à la tombée du soir.

Le premier événement est la crucifixion elle-même. Jésus est fixé à la croix centrale, entre deux autres suppliciés, sur le promontoire dit « du Crâne », en dehors de la ville. Saint Jean met en évidence le libellé de la condamnation : « Jésus le Nazôréen, le roi des Juifs », rédigé en hébreu, en grec et en latin, pour que tout le monde comprenne. Cette dérision doit être perçue par le lecteur comme l'intronisation céleste du Fils de l'homme. Sur le bois de la croix, Jésus est « élevé » au ciel, dans la gloire ; il remonte là d'où il est descendu. Bien évidemment, nos yeux de chair ne voient qu'un homme supplicié au vu et au su de tout le monde, terrifiante méthode de répression et de dissuasion. Cependant, l'évangéliste nous invite à percer le voile des apparences pour reconnaître dans l'élévation en croix de Jésus le signe de l'élévation au ciel du Fils de l'homme, roi et juge de l'univers par la grâce de Dieu. La crucifixion n'est pas qu'un malheureux accident de parcours dans

---

[2] Jn 2, 1-11.

l'itinéraire de l'Envoyé de Dieu : elle incarne l'échelle dressée jusqu'au ciel, rêvée par le patriarche Jacob[3]. La croix est l'échelle qui permet au Fils de l'homme de remonter auprès du Père. La promesse du début de l'évangile est ainsi accomplie :

> Vous verrez le ciel ouvert et les anges de Dieu monter et descendre au-dessus du Fils de l'homme. (Jn 1, 51)

Le personnage Jésus avait promis aux premiers disciples qu'ils approfondiraient leur foi jusqu'à cette vision apocalyptique. Le même personnage avait prévenu les disciples sceptiques qu'ils éprouveraient de la difficulté à croire devant la « remontée » particulière du Fils de l'homme au ciel[4]. Maintenant que « l'heure » est venue de passer de ce monde vers le Père[5], le Christ est « élevé de terre », jugeant et renversant à terre Satan, le Prince de ce monde, et attirant le regard de tous[6]. La crucifixion est la vision promise en début d'évangile. C'est le moment solennel vers lequel tendent chacun des épisodes du récit, chaque geste et chaque parole de Jésus, en quête d'accomplissement. Nous voici rendus au véritable sommet du parcours spirituel conçu par saint Jean : l'évangéliste nous propose de croire en Jésus à cause de la croix et non malgré elle.

---

[3] Gn 28, 10-19.
[4] Jn 6, 60-62.
[5] Jn 13, 1.
[6] Jn 12, 31-33.

Le dénuement

Le deuxième événement est celui du partage des vêtements. Le condamné est déshabillé puis exposé aux regards des passants. Les bourreaux conservent pour eux les vêtements du condamné, dernière possession matérielle avant la mise à mort. Cette pratique courante a inspiré l'auteur du Psaume 22, qui se penche sur le sort d'un pauvre, injustement persécuté. Au verset 19, le psalmiste chante : « Ils partagent entre eux mes habits et tirent au sort mon vêtement. » Saint Jean voit cette Écriture accomplie dans le dépouillement de Jésus à la croix. Sur le plan théologique, l'évangéliste nous propose de considérer le dénuement total de Jésus comme une sorte de dévoilement de sa personne. La véritable identité du Sauveur est révélée par ce don total de soi, sans pudeur ni réserve aucune. Jésus n'est donc pas un roi comme César ; sa royauté n'est concrètement pas de ce monde[7].

La mère et le disciple

Le troisième événement est la transmission du devoir filial au disciple bien-aimé. Le décalogue juif comporte ce commandement : « Honore ton père et ta mère, afin que se prolongent tes jours sur la terre que te donne Yahvé ton Dieu. » (Ex 20, 12) Agonisant sur la croix, Jésus prend les dispositions nécessaires pour

---

[7] Jn 18, 36.

que sa mère ne manque de rien en perdant son fils. Le maître demande au disciple de s'en occuper comme un fils. Ce dernier accepte et accueille la mère de son maître comme sa propre mère (« parmi les siens », si l'on traduit Jean 19, 27 littéralement). Ce sont les dernières volontés du supplicié.

Certains détails de cette scène émouvante nous orientent néanmoins vers un tout autre niveau d'interprétation, théologique. L'événement est inconnu des trois autres versions canoniques de la crucifixion. De façon plus pointue, les évangiles synoptiques indiquent que des femmes observent « de loin » l'exécution de Jésus[8], alors que Jean les place tout « près » de la croix[9]. Les synoptiques ne mentionnent aucun disciple présent et, en dépit des Maries nommées, aucune d'entre elles n'est désignée comme la mère de Jésus. C'est d'ailleurs étrange que Jean ne nomme pas Marie autrement que comme « sa mère (de Jésus) » et que le personnage Jésus lui adresse la parole en l'appelant « Femme ». La seule autre scène du quatrième évangile où Marie est présente est celle des noces de Cana[10]. Là aussi, l'évangéliste désigne Marie uniquement comme « la mère de Jésus » et le personnage Jésus l'interpelle par le générique « femme » (Jn 2, 4). Tous ces détails étranges s'expliquent aisément si on accepte de lire le texte à un

---

[8] Mt 27, 55-56 ; Mc 15, 40-41 ; Lc 23, 49.

[9] En ce qui concerne ce détail, la version synoptique est plus vraisemblable du point de vue historique. Les gardes romains n'auraient probablement laissé personne s'approcher du périmètre de sécurité établi autour des condamnés. N'oublions pas que la crucifixion est un geste de répression et de dissuasion, pas de compassion.

[10] Jn 2, 1-11.

autre niveau de signification, davantage symbolique et théologique.

Lorsque Nicodème s'étonnait de ce qu'il fallait naître à nouveau, en esprit, d'en haut, pour voir le Royaume de Dieu et y entrer, il ne comprenait pas comment une telle naissance pouvait avoir lieu[11]. Jésus avait alors répondu : « Nul n'est monté au ciel, hormis celui qui est descendu du ciel, le Fils de l'homme. Comme Moïse éleva le serpent dans le désert, ainsi faut-il que soit élevé le Fils de l'homme, afin que quiconque croit ait en lui la vie éternelle. » (Jn 3, 13-15) Si la vie éternelle est la vie même de Dieu que son Fils Unique nous transmet, ce merveilleux don a lieu lors de l'élévation en croix de Jésus. Selon saint Jean, le salut s'obtient donc en regardant le Crucifié et en croyant qu'il est le Fils de l'homme qui remonte au ciel. Celle ou celui qui, au pied de la croix, croit en Jésus Fils de l'homme, est engendré à nouveau, d'en haut, en esprit, de Dieu, et peut donc suivre Jésus jusqu'au Royaume de Dieu et y entrer. Qui dit « engendré(e)s de Dieu » dit aussi « fils » ou « filles » de Dieu, « frères » ou « sœurs » spirituels de Jésus et donc « fils » ou « filles » de la « mère de Jésus ». Lorsque Jésus, agonisant, déclare : « Femme, voici ton fils », en désignant comme héritier le disciple bien-aimé, le Christ fait don de la nouvelle naissance et crée la nouvelle famille de Dieu. Lorsqu'il se tourne vers le disciple qu'il aime et lui dit : « Voici ta mère », le Christ scelle la Nouvelle Alliance entre Dieu et les humains, faisant de tous ceux et celles qui croient des

[11] Jn 3, 3-10.

enfants de Dieu. Marie joue le rôle de la nouvelle Ève enfantant la nouvelle humanité. C'est pourquoi elle est désignée par les mots génériques « femme » et « mère ». Le disciple bien-aimé, sans nom, c'est vous ou moi ou tout humain qui lit, entend, voit et croit. La croix, instrument de torture et de mort, est devenue le nouvel arbre de vie dans le nouveau jardin ou « paradis » de Dieu. Il ne reste qu'à garnir ce jardin paradisiaque d'un torrent d'eau vive qui assainisse tout sur son passage... (comme dans Ézéchiel 47, 1-12).

L'expiration

Le quatrième événement est le décès de Jésus. Exténué et déshydraté, le mourant demande à boire. On lui présente le mélange d'eau et de vin aigre qui est la boisson des soldats. Après avoir bu, il expire. ✞

Saint Jean prétend que la soif de Jésus n'est pas seulement un événement naturel et compréhensible dans les circonstances, mais qu'elle revêt une signification profonde. La soif physique de Jésus incarne celle de tous les justes souffrant avant lui, exprimée entre autres dans les Psaumes 22, 16 et 69, 22, mais elle évoque aussi la soif de Dieu et d'accomplir sa volonté, soif que l'on retrouve dans les Psaumes 42, 2-3 et 63, 2. Au début du récit de la Passion, Jésus avait reproché à Pierre la violence avec laquelle il souhaitait défendre son maître pour qu'il ne tombe pas prisonnier : « Rentre le glaive dans le fourreau. La coupe que m'a donnée le Père, ne la boirai-je pas ? » (Jn 18, 3) En demandant à boire sur la croix, en buvant la coupe amère de la mort, Jésus parachève librement la mission que le Père lui avait confiée. C'est pourquoi il peut déclarer ensuite, souverainement : « C'est achevé ! » (Jn 19, 30)

En grec, saint Jean annonce le décès de Jésus par l'expression suivante : *paredôken to pneuma*, que l'on traduit habituellement par « il rendit l'esprit » ou « il remit l'esprit ». La forme verbale utilisée est pour le moins inusitée. Elle est employée notamment pour signifier la transmission d'un pouvoir ou d'une autorité, voire la garde d'un prisonnier. Ainsi, les Juifs « livrent » (*paredôkamen*) Jésus à Pilate[12] et celui-ci « livre » (*paredôken*) Jésus aux Juifs pour qu'il soit crucifié[13]. Maintenant, Jésus « transmet » (*paredôken*) ou « dé-livre » l'esprit du haut de la croix. Au sens premier, saint Jean veut dire simplement « il expira », mais l'évangéliste profite de l'ambiguïté linguistique pour signifier du même coup : « il (leur) transmit l'Esprit (de Dieu) ». Dans son dernier soupir, le Fils de Dieu « délivre » le bien le plus précieux, celui que tous attendent avec impatience : l'Esprit qui engendre « d'en haut » ceux et celles qui croient[14].

La source

Le cinquième événement est le coup de lance donné à Jésus sur le côté par un des soldats. En bonne méthode de dissuasion, les Romains préféraient laisser les crucifiés

[12] Jn 18, 30.
[13] Jn 19, 16.
[14] Jn 3, 5-8.

agoniser le plus longtemps possible. Avant la tombée du soir cependant, les Juifs demandent à Pilate de retirer les corps des crucifiés, afin de ne pas profaner la sainteté de la fête de la Pâque, qui en plus tombait un jour de repos (le sabbat) cette année-là. Le gouverneur acquiesce à leur demande et ordonne qu'on brise les jambes des suppliciés à coups de masse, afin d'en accélérer la mort. Arrivés à Jésus, le dernier, les soldats constatent qu'il semble déjà mort ; ils s'en assurent en le transperçant d'un coup de lance. Du sang et de l'eau coulent de son côté transpercé. La mort de Jésus est incontestable.

L'évangéliste arrête ici sa narration et fait une longue parenthèse solennelle[15]. Il garantit la véracité des faits rapportés par un témoin oculaire de la scène. Qui est ce précieux témoin ? Bien qu'il ne soit pas nommé, ce ne saurait être personne d'autre que le fameux « disciple que Jésus aimait », présent au pied de la croix avec la mère de Jésus. Le fait que l'évangéliste en parle à la troisième personne du singulier porte certains commentateurs à considérer que l'évangéliste et le disciple bien-aimé sont deux personnes distinctes. L'évangéliste aurait rédigé l'évangile à partir du témoignage du disciple que Jésus aimait. Dans ce cas, l'évangéliste serait un disciple du disciple bien-aimé, mettant par écrit son témoignage. D'autres chercheurs pensent que le verset 35 est une glose rédactionnelle ajoutée par un rédacteur final, mettant en valeur le témoignage oculaire de l'auteur décédé. Voilà une autre raison pour laquelle les exégètes d'aujourd'hui ne peuvent plus soutenir la candidature de Jean, fils de

[15] Jn 19, 35-37.

Zébédée, comme auteur direct du quatrième évangile. Une chaîne de témoins se profile dans le texte ! Pour ma part, je continue à appeler « saint Jean » ou simplement « Jean » l'auteur du quatrième évangile canonique, par convention et par tradition, mais sans vouloir par là l'identifier au fils de Zébédée pour autant.

Qu'est-ce qui a poussé l'évangéliste (ou le rédacteur final) à s'attarder sur le témoignage du disciple bien-aimé au pied de la croix ? Tout compte fait, l'évangéliste semble accorder autant d'importance au coup de lance qu'à la mort même de Jésus. Dans un récit par ailleurs d'une sobriété remarquable, c'est comme si Jésus mourait deux fois ! Une fois de plus, c'est la relecture théologique de l'événement qui en rehausse l'impact, en l'approfondissant. Saint Jean nous rappelle que Jésus meurt la veille de la Pâque[16], en après-midi[17], à l'heure même où l'on immole les agneaux au Temple de Jérusalem... ces agneaux qui serviront au repas festif du soir, commémorant la libération d'Égypte, le salut d'Israël !

Parmi les prescriptions rituelles de la Pâque, l'agneau immolé devait être sans tare et on ne devait pas lui briser les os[18]. Avec un bouquet d'hysope, les Hébreux devaient aussi asperger le sang de l'agneau sur le linteau et les montants des portes de leurs demeures, afin d'être protégés contre l'ange exterminateur[19]. L'insistance de saint Jean sur l'heure de la crucifixion de Jésus, le fait qu'on lui donne à boire avec une branche d'hysope[20],

---

[16] Jn 19, 31.
[17] Jn 19, 14.
[18] Ex 12, 46 ; Nb 9, 12.
[19] Ex 12, 21-28.
[20] Jn 19, 29.

qu'aucun de ses os n'ait été brisé et que du sang coule de son côté après le coup de lance amènent le lecteur à comprendre que Jésus est le nouvel Agneau de Dieu. En offrant son sang sur la croix, Jésus protège l'humanité de l'extermination à cause du péché. Le disciple est appelé à célébrer cette nouvelle Pâque, cette Nouvelle Alliance, en communiant au corps et au sang de l'Agneau de Dieu qui enlève le péché du monde[21].

Saint Jean cite aussi le prophète Zacharie, qui liait la délivrance du peuple à sa reconnaissance d'avoir transpercé le cœur de Dieu ou de son envoyé :

> Je répandrai sur la maison de David et sur les habitants de Jérusalem un esprit de grâce et de supplication, et ils regarderont vers moi. Quant à celui qu'ils ont transpercé, ils feront sur lui la lamentation comme on la fait sur le fils unique, on pleurera amèrement sur lui comme on pleure amèrement sur le premier-né. (Za 12, 10)

Le parallèle frappant avec la scène de la croix ne s'arrête pas là, car Zacharie prophétise encore :

> En ce jour-là, il y aura une source ouverte à la maison de David et aux habitants de Jérusalem pour le péché et pour la souillure. (Za 13, 1)
> Il adviendra, en ce jour-là, que des eaux vives sortiront de Jérusalem, la moitié vers la mer orientale et la moitié vers la mer occidentale ; ce sera en été comme en hiver. (Za 14, 8)

En cela, Zacharie reprend à son compte l'espérance du prophète Ézéchiel, qui annonçait la purification de

[21] Jn 1, 29.36 ; 6, 48-58.

la Terre sainte à partir d'une source pure venant du Nouveau Temple de Yahvé :

> Il me ramena à l'entrée du Temple, et voici que de l'eau sortait de dessous le seuil du Temple, vers l'orient, car le Temple était tourné vers l'orient. L'eau descendait de dessous le côté droit du Temple, au sud de l'autel. [...] Partout où passera le torrent, tout être vivant qui y fourmille vivra. [...] Là où cette eau pénètre, elle assainit, et la vie se développe partout où va le torrent. Au bord du torrent, sur chacune de ses rives, croîtront toutes sortes d'arbres fruitiers dont le feuillage ne se flétrira pas et dont les fruits ne cesseront pas : ils produiront chaque mois des fruits nouveaux, car cette eau vient du sanctuaire. Les fruits seront une nourriture et les feuilles un remède. (Ez 47, 1-12)

Ézéchiel et Zacharie prophétisent ni plus ni moins la poussée miraculeuse d'un nouveau jardin d'Éden à partir d'une source pure provenant du sanctuaire de Yahvé. Saint Jean propose de croire que cette source mystérieuse est l'eau qui coule du côté transpercé de Jésus[22]. Le corps mutilé du Christ, ouvert par la lance du soldat, est le Nouveau Temple de Dieu qu'il relèvera le troisième jour[23].

Cette eau qui purifie, assainit et fait pousser la vie partout où elle passe, c'est l'Esprit donné (ou délivré) à la mort de Jésus. C'est l'Esprit promis comme une source d'eau pure à Nicodème[24] et à la Samaritaine[25].

---

[22] Jn 19, 34.
[23] Jn 2, 13-22.
[24] Jn 3, 5.
[25] Jn 4, 10.13-14.

Le coup de lance accomplit les prophéties de l'Écriture et la promesse de Jésus :

> Le dernier jour de la fête, le grand jour, Jésus, debout, s'écria : « Si quelqu'un a soif, qu'il vienne à moi et il boira, celui qui croit en moi ! » selon le mot de l'Écriture : De son sein couleront des fleuves d'eau vive. Il parlait de l'Esprit que devaient recevoir ceux qui avaient cru en lui ; car il n'y avait pas encore d'Esprit, parce que Jésus n'avait pas encore été glorifié. (Jn 7, 37-39)

La solennité de la scène et du témoignage s'explique donc par le fait que l'évangéliste perçoit l'élévation en croix de Jésus comme le sommet narratif de son évangile. La mort de Jésus n'est pas le malheureux prélude à sa résurrection. Celle-ci n'est pas le but poursuivi par la narration. Comme nous le verrons lors des deux prochains et derniers chapitres, les apparitions du Ressuscité jouent le rôle d'une conclusion, d'un épilogue même, visant à permettre au lecteur d'apprivoiser le nouveau mode de présence du personnage Jésus. L'attention du lecteur est davantage sollicitée par la scène sublime de l'élévation en croix de Jésus, véritable dénouement de l'évangile, où l'évangéliste voit satisfaites toutes les attentes suscitées au cours du récit. La tension liée aux promesses et aux menaces, aux conflits ainsi qu'aux enjeux dépeints par le narrateur, se trouve libérée par le dernier souffle de Jésus : « C'est achevé ! » (Jn 19, 30) et par le flot de sang et d'eau qui coule de son côté, signalant une fois pour toutes le don de l'Esprit, le don de la vie, que disciples et lecteurs attendaient avec impatience.

Le jardin

Le sixième et dernier événement raconté est celui de l'ensevelissement de Jésus. Joseph d'Arimathie et Nicodème sont identifiés comme des disciples de Jésus en secret, par peur des Juifs. Ils demandent à Pilate l'autorisation de disposer du corps. Avant le coucher du soleil, ils se hâtent d'embaumer le corps avec des aromates, le liant avec des linges, selon l'usage juif. Ils déposent ensuite le cadavre dans un tombeau neuf, dans un jardin proche du lieu du Crâne. Les cent livres d'aromates et la pureté rituelle d'un tombeau neuf font penser à un ensevelissement royal. Celui qui a été identifié plus tôt par un écriteau trilingue comme « le roi des Juifs » reçoit les honneurs dus à son rang par deux notables juifs, membres du Sanhédrin. Le fait que ledit tombeau se trouve dans un jardin évoque l'Éden et complète la présentation de saint Jean de la mort de Jésus comme source d'une vie nouvelle.

Le récit de la crucifixion de Jésus selon saint Jean, c'est tout un tableau à découvrir, à contempler, à méditer. Il met en scène le signe suprême de l'élévation du Fils de l'homme, paradoxe de gloire dans l'humiliation. Il n'est guère de vision plus majestueuse dans tout l'évangile que celle où, du haut d'une croix romaine, le Fils de Dieu envoyé dans le monde déclare sa mission achevée[26].

[26] Jn 19, 30.

Chapitre 14

CESSER DE TOUCHER

Introduit de façon fort tardive et presque en passant, le personnage de Marie de Magdala n'en est pas moins important pour autant. Dans le quatrième évangile, ce personnage fait son apparition pour la première fois au pied de la croix, à côté de la mère de Jésus et de l'autre disciple, celui que Jésus aimait[1]. Cette position privilégiée souligne la fidélité, le courage et l'amour d'une disciple engagée à la suite de Jésus. Présente donc aux derniers instants de la vie terrestre de Jésus, Marie-Madeleine est témoin de l'élévation en croix du Fils de l'homme et de l'effusion de son sang et de son esprit. Elle voit comment Joseph d'Arimathie et Nicodème disposent du cadavre et à quel endroit il est mis au repos définitif. Alors qu'elle joue simplement le rôle d'une observatrice pieuse et discrète à la croix, elle prendra les devants lorsqu'il s'agira de proclamer la résurrection du Seigneur. À juste titre, elle reçoit l'honneur d'être considérée comme l'apôtre des apôtres. Voyons ce qu'il en est.

[1] Jn 19, 25.

Un tombeau vide et trois disciples

Puisque le sabbat est le septième jour au cours duquel Yahvé se repose, le jour suivant (notre dimanche) est considéré par les Juifs comme le premier jour de la semaine. C'est le jour où les activités reprennent et où l'exécution du travail et des tâches quotidiennes l'emportent sur le repos de la fête de la veille. Environ quarante-deux heures se sont écoulées depuis la condamnation à mort de Jésus et trente-six heures depuis son ensevelissement. Avant l'aube, Marie de Magdala se rend au tombeau.

Dans les récits synoptiques[2], quelques femmes vont visiter le tombeau de Jésus à l'aube. D'après Marc et Luc, elles apportent les aromates nécessaires à l'embaumement de leur maître. Selon Matthieu, il s'agit simplement d'une visite de recueillement. Marc et Luc nomment trois femmes, mais Luc laisse entendre qu'elles étaient plus nombreuses[3]. Matthieu réduit leur nombre à deux seulement[4]. Les trois évangiles synoptiques mentionnent la présence de Marie de Magdala. D'après les quatre évangiles canoniques, ce sont les femmes (ou l'une d'entre elles) qui font l'étrange découverte du tombeau vide et qui doivent rapporter la nouvelle aux disciples masculins. De toute évidence, suivant son goût pour les rencontres individuelles, saint Jean dramatise la scène en faisant venir Marie-Madeleine seule au tombeau.

Puisque Jésus est déjà embaumé selon Jean, la visite de Marie est une visite de recueillement et de deuil.

---

[2] Mt 28 ; Mc 16 ; Lc 24.
[3] Lc 24, 10.
[4] Mt 28, 1.

L'évangéliste précise qu'il fait encore nuit, ce qui doit éveiller notre attention, puisque nous sommes désormais familiarisés avec la connotation symbolique que revêt une telle remarque dans le texte johannique. C'est la nuit qui précède la pleine lumière de la foi pascale. Marie-Madeleine perçoit encore la réalité de la mort de son maître comme un échec sans issue. Elle va pleurer sa perte au tombeau qui garde scellés à tout jamais ses espoirs, du moins à ce qu'elle croit.

Arrivée au tombeau, elle voit que la pierre qui bloquait l'entrée a été enlevée. Cette vision induit en elle la panique : « On a enlevé le Seigneur du tombeau et nous ne savons pas[5] où on l'a mis » (Jn 20, 2), rapporte-t-elle, en courant, à Pierre et au disciple bien-aimé. À ce stade-ci, Marie-Madeleine n'a rien vu d'autre qu'une pierre enlevée. Elle n'est pas entrée dans le tombeau ; elle ne s'est pas penchée pour en examiner l'intérieur. Elle conclut hâtivement que quelqu'un est venu fouiller le tombeau et que cette personne a enlevé le corps de Jésus. Son intervention auprès des disciples vise à rétablir l'ordre dans la nuit. Elle espère que les autres disciples vont réussir à retrouver le corps et à le remettre au bon endroit. À la souffrance de savoir Jésus mort s'ajoute cette autre douleur de ne pas savoir où se trouve sa dépouille. Sa démarche et son état d'esprit témoignent de son attachement à Jésus : la perte est totale. Ne reste

[5] Le pluriel est peut-être la trace linguistique laissée par les autres femmes présentes, selon la tradition synoptique. Dans le récit johannique, ce pluriel traduit l'ignorance de tous les personnages et des lecteurs au sujet du lieu où se trouve le Ressuscité.

qu'un trou dans le roc. La situation est intolérable. Marie-Madeleine est inconsolable.

Voir des signes

Les deux disciples avertis se rendent à toute vitesse sur les lieux. Comme il fallait s'y attendre, « l'autre disciple » est plus rapide que Pierre et il arrive au tombeau le premier. Se penchant, il voit les linges, mais il n'entre pas. C'est à Simon Pierre que revient la primauté d'entrer dans le tombeau de son Seigneur. Saint Jean nous décrit ce que les deux disciples voient : les linges sur le sol et le suaire ayant recouvert la tête déposé à un autre endroit. Où est passé le corps ? Où sont les cent livres d'aromates ? Pas d'ange pour élucider le mystère ! Pierre s'en retourne perplexe. Quiconque a volé le corps de Jésus s'est donné le trouble de le délier des linges avant de l'emporter. On a même pris le temps de plier le suaire et de le déposer à part ! Un petit ménage a été effectué afin de ne pas laisser traîner des aromates. Le voleur de cadavre n'était intéressé que par le corps nu et a pris tout son temps. Heureusement, quelqu'un d'autre, plus perspicace, voire plus intime avec Jésus, a vu exactement les mêmes choses dans le tombeau. Cet autre disciple voit ces traces comme des signes venant de Dieu. Il croit en une intervention divine. Au moins un des trois témoins de la disparition du corps de Jésus n'est pas désespéré... Sans pouvoir tout comprendre à l'instant faute de l'éclairage des Écritures, le disciple bien-aimé emprunte la bonne direction et fait acte de foi.

Sans nous dire quand ni comment elle est revenue, l'évangéliste enchaîne avec Marie-Madeleine pleurant dehors, face au tombeau. Sa détresse ne diminue pas ; elle augmente même sans doute lorsqu'elle constate l'ignorance et l'impuissance des autres disciples quant à l'absence du corps de Jésus. Sans arrêter de pleurer, elle se penche vers l'intérieur du tombeau. C'est alors qu'elle contemple deux anges vêtus de blanc, assis là où devaient reposer la tête et les pieds de Jésus, respectivement. Loin d'expliquer la situation à Marie, les anges l'interpellent : « Femme, pourquoi pleures-tu ? » Elle reprend alors le récit de ses doléances : « On a enlevé mon Seigneur et je ne sais pas où on l'a mis », sans se rendre compte de la vision extraordinaire dont elle bénéficie. Marie de Magdala est enfermée dans son propre tombeau et ne semble pas capable de se délier de ses bandelettes par elle-même. Elle demeure aveuglée par la douleur, imperméable aux signes intrigants qui l'entourent.

Détournant enfin son regard du tombeau, elle voit Jésus sans toutefois le reconnaître, le prenant pour un jardinier. Jésus lui relance la question des anges : « Pourquoi pleures-tu ? » et il ajoute : « Qui cherches-tu ? ». Cette question est loin d'être anodine. Marie-Madeleine est incapable de reconnaître le Christ Ressuscité devant elle parce qu'elle cherche le cadavre de Jésus. Tournée vers le passé, elle s'y accroche avec véhémence, ce qui l'empêche d'approfondir l'identité véritable de son maître trépassé. Jésus est le Seigneur de la vie[6]. On ne

[6] Jn 5, 26 ; 10, 17-18 ; 11, 25-26 ; 14, 6.

cherche pas le maître de la vie dans un tombeau ! Perdue et désorientée, Marie de Magdala va jusqu'à demander au Christ de lui livrer son propre corps, sans le savoir[7]... Elle veut à tout prix récupérer du moins les restes matériels du maître qu'elle a perdu. Seule une intervention du Sauveur peut la libérer de son enfermement mortifère.

Écouter l'appel

Plutôt que de se révéler à Marie-Madeleine, le Christ la révèle à elle-même. Il la rejoint dans son chagrin et lui rappelle qui elle est. S'adressant à elle par son petit nom, le Seigneur la rétablit dans son autonomie et son identité, afin de pouvoir entrer en relation avec elle. Cette marque d'amour et d'intimité la touche au cœur et ouvre ses yeux et ses oreilles à son merveilleux présent, à un avenir inédit. Jouant sur le double sens, saint Jean dit qu'elle se « retourne » une autre fois, ce qui signifierait littéralement qu'elle se positionnerait dos à Jésus. Évidemment, ce n'est pas cela qui est envisagé ici. Marie se retourne au sens de la conversion du cœur, au sens du changement qui s'opère en elle, au sens de l'ouverture nouvelle qu'elle manifeste, alors qu'elle se refermait il n'y a pas si longtemps.

S'étant retournée vers la vie qui l'appelle, Marie-Madeleine peut dès lors accueillir la révélation du Christ Ressuscité. « Rabbouni ! » Elle reconnaît enfin son maître, dans la joie indicible de celle qui croyait avoir

[7] Jn 20, 15.

tout perdu. Elle peut invoquer son nom à nouveau. Il lui reste néanmoins du chemin à parcourir...

Toucher à la mission

« Cesse de me toucher ! » Cette réplique de Jésus implique que, d'une façon ou d'une autre, la disciple s'agrippe physiquement à son maître, le retenant auprès d'elle. L'art chrétien a souvent représenté la scène en mettant Marie-Madeleine aux pieds de Jésus. La demande de Jésus n'est pas liée au caprice d'un rabbin incommodé par l'affection démesurée d'une femme disciple. Le Christ Ressuscité invoque comme seule raison le fait qu'il ne soit pas encore monté vers le Père. Qu'est-ce à dire ?

Le seul évangéliste à mettre en récit l'ascension de Jésus au ciel est saint Luc. Il le fait même à deux reprises : une première fois dans le troisième évangile[8] et une seconde fois dans le livre des Actes des apôtres[9], dont il est aussi l'auteur. Cependant, d'autres auteurs du Nouveau Testament font état de la foi chrétienne en l'ascension de Jésus[10]. Loin d'être la croyance que, matériellement, Jésus puisse remonter les couches de l'atmosphère vers l'espace divin, la foi en l'ascension de Jésus est une façon d'exprimer son être-avec-Dieu. Comme la symbolique humaine traditionnelle voit Dieu en haut, le Christ remonte au ciel, ou est « exalté » au

[8] Lc 24, 50-53.
[9] Ac 1, 6-11.
[10] Ph 2, 9-11 ; He 1, 1-4.

ciel, et il s'assoit à la droite de Dieu, comme son lieutenant privilégié.

Saint Jean a sa façon bien à lui d'exprimer cette foi en l'exaltation ou en l'ascension du Christ Ressuscité : c'est l'élévation du Fils de l'homme, un thème auquel nous avons touché à maintes reprises. Cependant, comme nous l'avons vu lors du dernier chapitre, dans la théologie johannique, l'élévation au ciel coïncide avec l'élévation en croix de Jésus. En ce sens, Jésus est déjà monté vers le Père, puisqu'il a déjà été élevé sur la croix. Comment donc peut-il alors déclarer à Marie de Magdala qu'il n'est pas encore monté vers le Père ?

Dans son évangile, saint Jean a présenté Jésus non seulement comme le Fils de l'homme qui descend du ciel et qui doit y remonter (schéma vertical) mais aussi comme l'Envoyé du Père, ce Fils de Dieu qui vient parmi nous, livre son message, offre le salut divin et revient auprès du Père qui l'avait envoyé (schéma horizontal). Un livre plus spécialisé illustre dans le détail comment ces deux schèmes christologiques fonctionnent dans le quatrième évangile[11]. Ici, il suffira de dire que le Fils de Dieu doit retourner vers le Père tout comme le Fils de l'homme est remonté au ciel, d'où il était descendu. Bien qu'il s'agisse de la même personne, saint Jean raconte souvent en double les étapes franchies par Jésus, selon qu'il les aborde du point de vue du Fils de l'homme ou de celui du Fils de Dieu.

Si le Fils de Dieu envoyé dans le monde n'est pas encore retourné vers son Père, le chemin qu'il est censé

---

[11] Pierre LÉTOURNEAU, *Jésus, Fils de l'homme et Fils de Dieu*, Montréal/Paris, Bellarmin/Cerf, coll. Recherches, nouvelle série, nº 27, 1993.

ouvrir pour nous n'est pas encore assuré[12]. Paradoxalement, c'est en quittant définitivement les disciples que le Fils leur ouvre l'accès à Dieu. Il faut donc laisser partir Jésus pour le suivre[13]. Contrairement au début de l'évangile, où les disciples s'attachaient les uns après les autres à Jésus en le suivant de près et en demandant où il demeurait[14], il n'est plus possible d'être disciple de Jésus de cette façon. Les disciples doivent donc apprendre à laisser aller le corps de Jésus, s'ils veulent lui rester fidèles en ce monde. Le personnage de Marie-Madeleine incarne la première disciple à vivre ce deuil et à se mettre en route vers le Père en l'absence physique de Jésus, habitée par la joie de Pâques.

Ce retournement ultime est possible grâce à une demande particulière. Le Christ Ressuscité confie à Marie de Magdala la mission d'aller rejoindre les autres disciples pour leur annoncer la bonne nouvelle que le chemin est ouvert... puisque le tombeau est vide ! De nouvelles réactions en chaîne se profilent à l'horizon. Petit à petit, comme aux débuts, un disciple conduira l'autre à rencontrer et à suivre Jésus autrement. Désormais, c'est à travers la mission des disciples que le Christ se laisse toucher.

Détournée de son obsession pour le corps, Marie quitte définitivement le jardin et le tombeau vide, tout comme une femme de Samarie avant elle avait laissé une fois pour toutes sa cruche au bord du puits. L'apôtre des apôtres est chargée d'annoncer la nouvelle vie de Jésus,

[12] Jn 14, 1-6.
[13] Jn 16, 7.
[14] Jn 1, 35-51.

son nouveau mode de présence et d'intervention dans le monde (en Esprit !), ainsi que les nouvelles relations que cette situation inédite instaure dans la communauté des disciples. En effet, puisque Jésus est parti auprès du Père et qu'il leur donne le souffle qui les régénère d'en haut, tous les disciples deviennent frères et sœurs de Jésus, fils et filles de Dieu. De plus, l'absence du corps de Jésus permet la présence de son Esprit, lequel saura les conduire vers le Père.

Si l'Église est née selon saint Jean au pied de la croix, c'est en quittant le tombeau vide et en renonçant au corps perdu de Jésus qu'elle se met en marche. Merci, Marie-Madeleine, première parmi les envoyés de l'Envoyé !

Chapitre 15

VOIR POUR CROIRE ?

Le quatrième évangile a comme but avoué de soutenir le croire des disciples à l'aide de certains signes accomplis par Jésus et sciemment racontés à cette fin[1]. Selon saint Jean, la vie que Dieu veut nous offrir passe par la confiance que nous témoignons à son Envoyé, Jésus, Parole de Dieu faite chair, Fils de l'homme et Fils de Dieu.

Dans le quatrième évangile, la médiation christologique du salut prend toute la place narrative et discursive. C'est Jésus que l'on voit rencontrer tour à tour l'un et l'autre des personnages, poser un geste porteur de vie et interpeller à la foi. Selon saint Jean, il n'existe pas d'autre chemin vers le Père sinon le Fils[2]. Le Christ lui-même le dit en répondant à la question de Thomas :

> Seigneur, nous ne savons pas où tu vas. Comment saurions-nous le chemin ? (Jn 14, 5)

Le désarroi de Thomas découle du fait qu'il cherche par ses propres moyens le chemin menant vers Dieu. En soi, chercher Dieu est une qualité louée par l'évangéliste[3].

---

[1] Jn 20, 30-31.
[2] Jn 14, 6.
[3] Jn 1, 47 ; 6, 45.

Cependant, saint Jean demeure pessimiste quant aux capacités des humains à le trouver : c'est plutôt Dieu qui doit venir à eux dans le monde. Pour cela, le Père a envoyé le Fils. C'est uniquement en reconnaissant que Jésus est le Fils de Dieu envoyé dans le monde, que les humains peuvent s'ouvrir à la lumière, écouter la Parole de Dieu et suivre le chemin qui les conduit au Père.

La proposition de foi exige une exclusivité désarmante. Selon Jean, Jésus ne doit pas être évalué à l'aune de Moïse, des autres prophètes ou des Saintes Écritures en général, comme le font naturellement les Juifs de son temps. Ce sont Moïse, les prophètes et les Saintes Écritures d'Israël qui doivent être relues et réinterprétées à la lumière de Jésus, l'Envoyé de Dieu par excellence. Avec raison, la majorité de sympathisants s'exclame : « Elle est dure, cette parole ! Qui peut l'écouter ? » (Jn 6, 60)

Saint Jean radicalise les paradoxes de la foi chrétienne. Jésus n'est pas seulement le prophète attendu, le Messie davidique espéré, le Roi libérateur, comme certains disciples le pensent déjà[4]. Jésus est tout cela parce qu'il est la Parole de Dieu incarnée, l'ambassadeur de Dieu par excellence : son Fils unique envoyé dans le monde. Il est la lumière du monde, la source d'eau vive, le pain descendu du ciel, la résurrection, le chemin, la vérité et la vie : sa personne est le don de Dieu à l'humanité.

Le quatrième évangéliste ne cesse d'en ajouter, montant constamment la barre de la foi aux yeux des pauvres croyants : les signes c'est bien, mais Jésus se

---

[4] Jn 1, 35-51.

méfie d'une foi fondée sur les signes. Les confessions de foi populaire c'est bien, mais « vous verrez mieux encore » (Jn 1, 50-51). La mort sur la croix ne représente pas un humble abaissement du serviteur de Dieu en attente de la résurrection, comme dans d'autres traditions chrétiennes[5]. Saint Jean propose plutôt d'y voir rien de moins que la glorification du Fils et sa remontée au ciel à même son élévation en croix ! Aux chrétiens qui attendent la manifestation glorieuse du Seigneur au dernier jour, saint Jean répond : « Le Verbe s'est fait chair et il a campé parmi nous et nous avons contemplé sa gloire. » (Jn 1, 14) Autrement dit : vous attendez en vain, il ne vous sera donné à voir rien d'autre que la chair de Jésus ; à vous d'ouvrir les yeux de la foi pour y percevoir la gloire de Dieu !

Enfin, maintenant que Jésus n'est plus dans le monde, il n'est donné à voir rien d'autre aux disciples qu'un tombeau vide et des linges sur le sol... Est-ce suffisant pour croire qu'il est le Vivant ? Une telle foi est-elle possible ? Voilà précisément le dilemme incarné dans le personnage de Thomas, comme conclusion à l'évangile.

L'expérience commune

Le récit d'apparition du Ressuscité aux disciples est double dans le quatrième évangile. Il permet à saint Jean d'élaborer sa catéchèse sur les conditions de la foi en Jésus après son départ vers le Père. Il est donc

[5] Voir Ac 2, 22-32 ; Ph 2, 6-11 et même Mc 15, 16-37.

possible de repérer plusieurs éléments communs ou parallèles entre Jean 20, 19-25 et Jean 20, 26-29. Nous avons déjà observé cette stratégie narrative du doublage dans l'épisode des sœurs de Lazare, Marthe et Marie[6] au chapitre 11 de ce livre.

Les disciples sont rassemblés le soir même de Pâques dans un lieu clos[7] où ils répètent l'expérience de la semaine précédente[8]. De toute évidence, saint Jean met de l'avant le culte chrétien comme premier lieu de manifestation du Ressuscité. Les disciples se retrouvent ensemble et c'est au milieu d'eux que se tient tout à coup le Ressuscité. Après les avoir quittés, il vient vers les siens comme il l'avait promis[9]. Cependant, sa venue s'effectue sous un autre mode que celui connu dans le monde terrestre : les portes sont closes mais il n'a pas besoin de les ouvrir pour se rapprocher d'eux. Les stigmates de la crucifixion ne représentent pas une preuve de la matérialité du corps du Ressuscité. C'est plutôt le signe que cette présence qui les salue et qui les réconforte est celle du Crucifié. Jésus de Nazareth et le Christ Ressuscité sont la même et unique personne, même si cette personne ne peut plus interagir avec les siens de la même façon. Les marques des clous sur les mains ainsi que le flanc ouvert par la lance sont devenus les symboles de l'identification du Crucifié au Ressuscité.

La reconnaissance du Christ est faite par la communauté de disciples rassemblés. La présence du Ressuscité

---

[6] Jn 11, 1-57.
[7] Jn 20, 19.
[8] Jn 20, 26.
[9] Jn 14, 18 ; 16, 16-23.

transforme leur peur en joie. C'est la paix qu'il apporte qui contient la trace la plus réelle de son passage au milieu d'eux.

L'héritage de celui qui part

Le Ressuscité dit deux paroles et, entre les deux, pose un seul geste. Premièrement, il annonce à ses disciples qu'ils doivent prendre le relais de sa présence en ce monde :

> Comme le Père m'a envoyé, moi aussi je vous envoie. (Jn 20, 21)

Le monde ne peut avoir accès au Père sans le Fils, nous l'avons déjà souligné plus haut. Or, le Fils quitte ce monde pour aller vers le Père. La communauté de disciples est ainsi chargée de rendre présent le Fils par son témoignage. En effet, le Fils a montré le Père et l'a rendu présent au monde par sa parole et par son agir[10]. Désormais, c'est à la communauté des disciples de montrer le Fils et de le rendre présent par la parole et par le geste :

> Si quelqu'un m'aime, il gardera ma parole, et mon Père l'aimera et nous viendrons vers lui et nous nous ferons une demeure chez lui. (Jn 14, 23)

> Celui qui croit en moi fera, lui aussi, les œuvres que je fais ; et il en fera même de plus grandes, parce que je vais vers le Père. (Jn 14, 12)

---

[10] Jn 1, 18 ; 10, 30.37-38 ; 12, 44-45.49-50 ; 14, 7-11.

Le principe régissant l'envoi est clair : parce que le Fils aime le Père et lui est fidèle en parole et en action, il peut le représenter dans le monde. Au départ du Fils, de la même façon, les disciples qui aiment leur maître et lui sont fidèles en parole et en action peuvent le représenter dans le monde. Le Père peut être alors connu du monde par le biais du témoignage que les disciples rendent au Fils. Si les disciples demeurent « dans » le Fils, qui lui-même demeure « dans » le Père, alors Dieu et son salut sont accessibles dans le monde malgré l'absence physique de Jésus.

Après avoir mandaté officiellement ses disciples, le Ressuscité souffle sur eux. Ce geste doit être interprété à la lumière des paroles qui le précèdent et qui le suivent. Nous y reviendrons donc.

Le Ressuscité enjoint à ses disciples de recevoir l'Esprit Saint. Il leur annonce aussi qu'ils disposent du pouvoir de pardonner ou de retenir les péchés d'autrui. Qu'est-ce à dire ?

Les disciples sont ici présentés comme des témoins du pardon divin qui se trouve dans la personne du Fils. C'est l'Agneau de Dieu qui enlève le péché du monde[11]. C'est seulement quand nous regardons avec foi celui que nous avons transpercé[12] que l'eau qui coule de son côté nous purifie de nos souillures et que le sang qui coule de son côté rétablit notre vie et nous protège du mal. Les disciples qui ont vu et ont cru doivent l'annoncer en tant qu'envoyés de l'Envoyé. Ils doivent aussi poser les gestes

---

[11] Jn 1, 29.36 ; 19, 28-37.
[12] Jn 19, 37.

de Jésus, des gestes porteurs de vie[13], et même, comme leur maître, donner leur vie[14]. Si les disciples restent fidèles à leur mission, ils provoqueront un jugement mais n'en seront pas les juges pour autant. Les humains seront placés devant le témoignage des disciples[15] et devront se prononcer, se situer face aux disciples comme ces derniers l'ont fait face à Jésus. Tout comme le « pouvoir » du Fils dérivait de sa communion avec le Père[16], le « pouvoir » des disciples dérive de leur communion avec le Fils, communion qui le rend présent au monde. De fait, les disciples ne pardonnent aucun péché et ne retiennent aucune faute contre personne. Cependant, dans la mesure où ils révèlent au monde l'identité véritable de Jésus comme Fils de l'homme et Fils de Dieu, ils rendent le pardon et la vie accessibles à tous. Aux gens de choisir librement s'ils acceptent ou refusent...

Le geste du Ressuscité de souffler sur sa communauté de disciples rassemblée en un seul lieu prend alors tout son sens. Le Souffle du Ressuscité représente son Esprit, compris ici comme l'unique moyen par lequel les disciples pourront demeurer fidèles à leur maître et ainsi témoigner du Fils dans le monde, pour garder la communion vivifiante avec le Père. Certes, saint Jean a déjà présenté le don de l'Esprit fait du haut de la croix comme le don du salut[17] ; il n'hésite pas pour autant à le présenter à nouveau ici au cœur d'un récit d'apparition du Ressuscité, pour souligner cette fois-ci l'aspect missionnaire de l'Esprit,

---

[13] Jn 13, 12-17.
[14] Jn 15, 12-13.
[15] Jn 15, 27 ; Jn 13, 34-35.
[16] Jn 5, 19-24.
[17] Jn 19, 30.

comme garant de la mission. Les disciples ne représentent pas un club privilégié pouvant se targuer d'avoir reçu en exclusivité la vie de Dieu. Cette vie même de Dieu est donnée afin d'être répandue. Nul n'a le droit de la garder pour soi. Si le Ressuscité apparaît donc aux siens en privé, c'est pour les pousser à aller vers les autres. Le rassemblement, le recueillement, la méditation de la Parole et la prière de la communauté, bref, le culte chrétien n'a de sens qu'en fonction d'une ouverture au monde par le témoignage en parole et en action.

Un deuxième lieu où le Ressuscité se manifeste comme le Vivant est ainsi la communauté de disciples en mission.

L'isolement du disciple

Aucun des disciples présents n'est nommé comme porte-parole de la version officielle. En dépit des figures exemplaires que sont Simon Pierre et le disciple bien-aimé, l'Église johannique ne connaît pas de structure hiérarchisée, comme c'est le cas pour d'autres traditions chrétiennes.

En refusant de se faire laver les pieds comme les autres disciples, lors de la dernière Cène, Simon Pierre prétend entrer dans une relation privilégiée avec Jésus, mais ce dernier lui signifie qu'à moins de prendre sa place parmi les autres disciples, il n'aura aucune part avec le Christ[18]. La communauté johannique tire sa

[18] Jn 13, 1-17.

force non pas d'une structure hiérarchique fondée sur l'autorité des uns sur les autres, mais sur l'unique autorité du Christ, de laquelle tous témoignent en chœur dans un « nous » collectif[19]. Même lorsque Simon fait la confession de foi qui lui confère d'être la « Pierre » sur laquelle s'appuient ses compagnons, il s'exprime à la première personne du pluriel[20].

L'allégorie de la Vigne et des sarments[21] est une tradition propre au quatrième évangile (on ne la retrouve pas dans les évangiles synoptiques), qui s'avère assez éloquente sur la nature des relations entre croyants dans les communautés de tradition johannique.

Saint Jean propose que Jésus soit vu comme la Vigne, Dieu son Père comme le Vigneron et les disciples comme les sarments. D'emblée, l'image de la Vigne exclut toute organisation hiérarchique au sein de la communauté. En effet, les petites branches d'un arbre dépendent des plus grosses, qui elles sont reliées au tronc ; cette représentation des relations ecclésiales selon l'image de l'arbre sous-entend que les simples croyants dépendent de leurs supérieurs dans la foi (anciens ou surveillants) qui, eux, ont un accès plus direct au Christ. Par contre, cela ne peut être le cas d'une Vigne puisque les sarments sont directement rattachés au plant et en tirent leur subsistance immédiate. Pour les chrétiens johanniques, chaque baptisé jouit d'une relation directe et privilégiée avec le Christ, dont il se nourrit ou s'abreuve à la source, sans avoir à passer par un intermédiaire.

---

[19] Jn 1, 14.16 ; 3, 11 ; 4, 22 ; 21, 24.
[20] Jn 6, 68-69.
[21] Jn 15, 1-17.

Chaque baptisé reçoit la vie du Christ afin de porter du fruit, comme chaque sarment produit du raisin à partir de la sève que lui transmet le plant de Vigne. Comme la seule façon pour un sarment de produire du raisin est de rester attaché à la Vigne, ainsi les baptisés doivent s'attacher à Jésus pour produire le fruit escompté. Or, ce fruit n'est autre que l'amour mutuel, comme Jean 15, 12.16-17 le fait savoir. Il devient intéressant alors de constater que l'amour réciproque devant caractériser les disciples de Jésus[22] ne peut se vivre qu'à travers la communion avec le Christ-Vigne. Comme les sarments n'ont pas de contact direct les uns avec les autres, mais bien seulement à travers leur union à la Vigne, ainsi les disciples ne peuvent réussir à s'aimer les uns les autres qu'en demeurant solidement attachés à l'amour du Christ qui les porte : « hors de moi vous ne pouvez rien faire » (Jn 15, 5).

La parole du Fils vient en fait du Père ; c'est grâce à elle que les disciples sont « purifiés », « émondés », afin de produire un meilleur fruit[23]. L'amour du Père est manifesté au monde grâce au Fils[24], qui donne sa vie[25]. Si les disciples demeurent imprégnés de l'amour de Jésus, ils donneront leur vie à la manière du Fils. Or la seule façon de demeurer dans l'amour du Christ-Vigne, c'est d'écouter sa parole avec foi et de suivre ses commandements[26].

---

[22] Jn 13, 35.
[23] Jn 15, 1-3.
[24] Jn 15, 9.
[25] Jn 15, 12-13.
[26] Jn 15, 7.10.14.

Une autre allégorie significative en ce qui concerne les rapports entre disciples est celle dite du « Bon Berger », que l'on retrouve dans Jean 10, 1-18. Jésus se présente à la fois comme la « Porte » et comme le « Berger », tandis que les disciples sont les « brebis ».

Si Jésus est le Berger, aucune brebis n'occupe une place privilégiée. Les voix qui essaient d'exercer une forme quelconque d'autorité sont celles d'étrangers, de voleurs et de brigands mais les brebis ne les reconnaissent pas[27]. L'allégorie est donc très claire dans sa condamnation de toute autre forme d'autorité que celle de Jésus. Admettre dans la bergerie d'autres voix aurait des conséquences catastrophiques, car « le voleur ne vient que pour voler, égorger et faire périr » (Jn 10, 10), et même le salarié « qui n'est pas le berger et à qui n'appartiennent pas les brebis, voit-il venir le loup, il laisse les brebis et s'enfuit, et le loup s'en empare et les disperse » (Jn 10, 12). La relation intime entre le Berger et ses brebis apparaît inimitable et irremplaçable. Seul le Berger connaît chacune des brebis par son nom ; les brebis reconnaissent sa voix et en sont rassurées, au point de le suivre sans crainte partout où il voudra les conduire[28]. Personne d'autre à part le Berger ne peut avoir à cœur le bien-être des brebis[29] jusqu'à donner sa propre vie pour elles[30]. C'est pourquoi, lorsque Jésus demandera à Simon Pierre de paître *ses* brebis[31], il

---

27 Jn 10, 4-5.
28 Jn 10, 2-5.
29 Jn 10, 13.
30 Jn 10, 11.
31 Jn 21, 15-17.

exigera de lui le témoignage d'amour ultime, c'est-à-dire le don de sa vie[32].

Comme l'allégorie de la Vigne et des sarments, celle du Berger et des brebis pose la relation à Jésus comme le fondement de la relation entre les disciples. Le fait que les brebis reconnaissent chacune la voix du même Berger les rassemble dans une même bergerie. La sécurité des brebis et le pâturage qu'elles trouvent dépendent strictement de leur obéissance à la voix du Berger. Elles ne peuvent et ne veulent lui obéir que parce qu'elles le connaissent intimement, comme il les connaît lui-aussi, intimement. Jean 10, 14-15 compare cette reconnaissance mutuelle du Berger et des brebis à celle du Fils, tourné vers le sein du Père[33]. Les relations en Église découlent de cette communion entre le Père et le Fils, que le Fils étend aux disciples, tout en demeurant l'incontournable et l'unique médiateur. Si le Berger est venu, c'est afin que les brebis trouvent pâturage et vie en abondance.

L'Église de Jean se profile donc comme un réseau de témoins. Chaque baptisé a rencontré le Christ et en devient le témoin[34]. Pour que son témoignage soit véridique, il doit se mettre à l'écoute du Christ, garder sa parole puis « demeurer » en lui, comme le Fils « demeure » dans le Père[35]. La fidélité de plusieurs disciples qui gardent la parole de Jésus et demeurent en lui, produit une communauté de témoins, qui peut parler à la première personne du pluriel :

---

[32] Jn 21, 18-19.
[33] Jn 1, 18.
[34] Jn 15, 27.
[35] Jn 14, 21.23.

> Et le Verbe s'est fait chair et il a campé parmi *nous*, et *nous* avons contemplé sa gloire. (Jn 1, 14)
>
> *Nous* parlons de ce que *nous* savons et *nous* attestons ce que *nous* avons vu ; mais vous n'accueillez pas *notre* témoignage. (Jn 3, 11)

Le témoignage rendu par le « nous » johannique vise l'adhésion d'un plus grand nombre, l'élargissement de la communauté ecclésiale dans de nouvelles voix qui prononcent avec assurance le témoignage de foi commun à tous. Dans le quatrième évangile, avant de vivre sa passion, le Christ prie son Père en faveur de la communauté qu'il laissera orpheline[36]. À travers ce chapitre, il est instamment demandé que les disciples conservent l'unité après le départ du maître, de même qu'à l'accueil de nouveaux membres :

> Je ne prie pas pour eux seulement, mais aussi pour tous ceux qui, grâce à leur parole, croiront en moi, afin que tous soient un. Comme toi, Père, tu es en moi et moi en toi, qu'eux aussi soient en nous, afin que le monde croie que tu m'as envoyé. Je leur ai donné la gloire que tu m'as donnée, pour qu'ils soient un comme nous sommes un : moi en eux et toi en moi, afin qu'ils soient parfaits dans l'unité, et que le monde reconnaisse que tu m'as envoyé et que tu les as aimés comme tu m'as aimé. (Jn 17, 20-23)

L'intimité de la relation entre le Père et le Fils qui le révèle au monde s'étend à tous ceux et celles qui croient au Fils. Pour que la gloire de Dieu soit reflétée sur terre, les croyants doivent demeurer unis au Fils qui

---

[36] Jn 17.

les unit entre eux. L'union des croyants révèle au monde la gloire de Dieu transmise par le Fils. On voit bien que la tradition johannique fait reposer le vrai témoignage de la foi sur le « nous » anonyme, prononcé à l'unisson, plutôt que sur la parole autorisée de certains membres qui seraient responsables de la doctrine.

Cette vision johannique de la communauté de disciples témoins tel un seul bloc ajoute au drame de Thomas comme absent de l'assemblée. Il ne peut pas dire « nous » avec ceux qui lui disent « nous avons vu le Seigneur ! » (Jn 20, 25). Isolé de la communauté qui porte témoignage, Thomas se replie sur ses certitudes personnelles. Il sait que Jésus a subi le supplice de la crucifixion et qu'il est mort. À moins de vérifier lui-même que l'expérience vécue par la communauté s'enracine dans cette douloureuse réalité, il ne peut pas unir sa propre voix au concert du « nous » communautaire. Laissé à lui-même, son « je » ne peut témoigner de la vie du Christ. Ce que Thomas (ou le lecteur !) ne comprend pas, c'est que la vie du Ressuscité n'est pas à sa portée. Thomas (ou le lecteur !) voudrait attirer le Christ vers lui alors qu'il doit se laisser attirer vers le Christ par le témoignage de ses frères et sœurs dans la foi.

Thomas parmi les apôtres

Une autre intervention du Ressuscité est donc nécessaire pour ramener la dynamique de la révélation et du témoignage dans la bonne direction.

Thomas retrouve sa communauté d'appartenance et participe à l'assemblée. À nouveau, le Ressuscité se rend présent au milieu d'eux. À nouveau, il fait don de sa paix. Puis il attire Thomas vers lui en lui disant :

> Porte ton doigt ici : voici mes mains ; porte ta main et place-la dans mon côté, et ne deviens pas incroyant, mais croyant. (Jn 20, 27)

Comme lors de la première apparition, le Ressuscité montre les plaies qui confirment qu'il est le Crucifié. À première vue, on pourrait penser qu'il cède aux exigences de Thomas, mais il n'en est rien. Thomas n'a pas rencontré le Christ Ressuscité en privé, mais bel et bien lorsqu'il se joignait à ses frères et sœurs dont il n'acceptait pas le témoignage. La bravade de réclamer des conditions pour faire acte de foi illustre qu'il entend prendre l'initiative et qu'il veut garder en tout temps le contrôle de son expérience religieuse. En allant vers lui et en le surprenant là où il s'y attendait le moins, le Ressuscité agit en Révélateur souverain. Le Christ ne se soumet pas passivement à la vérification exigée par son disciple, mais il le met au défi d'essayer d'assouvir son besoin de tout contrôler. En effet, l'évangéliste n'indique nullement que Thomas procède à la vérification, loin de là. Le disciple renversé et honteux avoue son impuissance devant le Sauveur : « Mon Seigneur et mon Dieu ! » (Jn 20, 28) L'évangéliste souligne ainsi l'impossibilité de commander au divin par les moyens de ce monde. L'humain – et le disciple, à plus forte raison – ne peut qu'accueillir le témoignage des autres au sujet de Dieu ou accueillir la visite mystérieuse de Celui qui a vaincu la mort et qui ne se laisse pas saisir comme un objet de ce monde.

Dans sa confession de foi, Thomas s'adresse au Christ Ressuscité de la manière la plus forte qui soit dans tout le Nouveau Testament : « Mon Seigneur et mon Dieu ! » On se souviendra de l'exclamation de Nathanaël au début de l'évangile : « Rabbi, tu es le Fils de Dieu, tu es le Roi d'Israël ! » (Jn 1, 49) Entre la confession bonne mais déficiente de Nathanaël et celle de Thomas, il y a tout le quatrième évangile ! Saint Jean met donc dans la bouche de Thomas la confession de foi la plus accomplie, celle vers laquelle tend chaque épisode de la narration, qui est esquissée dans le prologue, avant le début du récit[37]. Face au Ressuscité qui l'attire vers lui, Thomas reconnaît le pouvoir unique de Dieu, que le Père a confié au Fils. En d'autres mots, Thomas reconnaît qu'il n'a d'accès à Dieu qu'à travers Jésus, qui ne le révèle pleinement qu'à travers le témoignage de la communauté. Thomas peut s'adresser à Jésus comme à Dieu, parce que le Fils est pleinement fidèle au Père, qu'il révèle totalement le Père et qu'il n'y a pas d'autre chemin pour « voir » Dieu que de contempler le Christ. Qui a vu le Fils a vu le Père[38] ! En fait, Jésus est Dieu pour Thomas parce qu'en se soumettant totalement à la Parole et à la volonté de Dieu, Jésus révèle à Thomas le Dieu d'Israël dans une parfaite transparence.

---

[37] Jn 1, 1-18.
[38] Jn 14, 9.

Croire sans voir, c'est lire !

La foi de Thomas est le but vers lequel tend tout le quatrième évangile. Signes, rencontres et discours, controverses et péripéties, sont au service de la présentation, de l'argumentation et de l'exposition détaillée de cette christologie johannique. Le lecteur est invité à passer des souliers de Nathanaël[39] à ceux de Thomas[40]. La subtilité et l'art déployés par saint Jean pour guider le lecteur dans son trajet prouvent que les enjeux sont nombreux et de taille, que les retournements sont imprévus. La partie n'est pas gagnée à l'avance. À chacun et à chacune de risquer la rencontre avec le Christ selon saint Jean.

Désormais, cette rencontre ne peut plus avoir lieu dans la chair, mais à travers les signes racontés et les paroles rapportées. En d'autres termes, saint Jean est conscient qu'une différence qualitative sépare la première génération de témoins de toutes les générations subséquentes de disciples. Tout en mettant en valeur l'expérience des signes, saint Jean accentue plutôt dans son évangile l'importance de la réception de la Parole par le biais des témoins. À l'instar de Thomas, chaque nouveau disciple doit se faire sa propre idée sur Jésus, mais contrairement à Thomas, le lecteur est invité à se laisser attirer par la présence du Ressuscité dans la communauté cultuelle, missionnaire et prophétique des disciples.

À la toute fin de la narration, la béatitude proclamée par le Christ johannique vise donc à encourager les

39 Jn 1, 45-51.
40 Jn 20, 24-29.

lecteurs de l'évangile, eux qui n'ont rien vu, mais qui sont invités à croire :

> Parce que tu me vois, tu crois. Heureux ceux qui n'ont pas vu et qui ont cru. (Jn 20, 29)

Bienheureux sommes-nous, selon saint Jean, car notre foi sera d'autant plus forte qu'elle aura dépassé le voile du voir. L'évangile lui-même devient ainsi le troisième et dernier lieu de la manifestation du Ressuscité en ce monde. Dorénavant, la Parole est Écriture. C'est la lecture priante et méditative de l'évangile par les disciples, et les disciples des disciples, qui ouvre le chemin du salut au monde.

Le quatrième témoin

> C'est ce disciple qui témoigne de ces faits et qui les a écrits, et nous savons que son témoignage est véridique. (Jn 21, 24)

C'est ainsi que s'expriment les premiers éditeurs de l'œuvre que nous appelons l'évangile selon saint Jean ou le quatrième évangile. Cet évangile se veut la version écrite d'un témoin, arrivant après l'œuvre de Matthieu, Marc et Luc. Nous pouvons désigner en ce sens son auteur par l'expression retenue comme titre de ce livre : *Le quatrième témoin*.

Cependant, au terme de ce parcours de l'évangile spirituel, je vous invite à revisiter la chaîne de témoins autrement.

Pour l'évangéliste, Jésus est le premier des témoins, qui nous révèle ce qu'il a vu auprès du Père et qui ne dit que ce qu'il a entendu de la bouche du Père[41]. Un deuxième témoin voit le jour dans la personne de Jean-Baptiste, qui désigne Jésus comme l'Envoyé de Dieu tant attendu et qui oriente les premiers disciples vers le Christ[42]. Le troisième témoin serait le mystérieux disciple appelé « le disciple que Jésus aimait », installé tout contre Jésus, comme ce dernier l'est dans le sein du Père[43], et se trouvant ainsi à l'origine de l'écriture de l'évangile[44]. Dès lors, chers lecteurs et chères lectrices, *le quatrième témoin* dans cette chaîne, censé recevoir ce précieux trésor qu'est l'évangile, en vivre et en témoigner, c'est nul autre que vous.

---

[41] Jn 1, 18 ; 3, 31-34 ; 12, 50.
[42] Jn 1, 6-8 ; 1, 15.19-36 ; 3, 27ss.
[43] Jn 1, 18 ; 13, 23.
[44] Jn 19, 35 ; 20, 30-31 ; 21, 24-25.

POUR APPROFONDIR LA LECTURE

BLANCHARD, Y.-M., *Raconter, voir, croire. Parcours narratifs du quatrième évangile*, (Cahiers de la Revue biblique 61), Paris, Gabalda, 2005.

BROWN, R.E., *La communauté du disciple bien-aimé*, (Lectio Divina 115), traduit de l'anglais par F. M. Godefroid, Paris, Cerf, 1983.

COTHENET, É., *La chaîne des témoins dans l'évangile de Jean. De Jean-Baptiste au disciple bien-aimé*, (Lire la Bible 142), Paris, Cerf, 2005.

DUMOULIN, P., *L'Évangile des signes. Saint Jean (1-12)*, (Petits traités spirituels, Spiritualité 22), Nouan-le-Fuzelier, Éditions des Béatitudes, 2002.

—, *L'heure de Jésus. Saint Jean (13-21)*, (Petits traités spirituels, Spiritualité 23), Nouan-le-Fuzelier, Éditions des Béatitudes, 2002.

GOURGUES, M., *Pour que vous croyiez... Pistes d'exploration de l'évangile de Jean*, (Initiations), Paris, Cerf, 1982.

—, *Jean, de l'exégèse à la prédication*, (Lire la Bible 97, 100), Paris, Cerf, 1993.

—, *En esprit et en vérité. Pistes d'exploration de l'évangile de Jean*, (Sciences bibliques 11), Montréal, Médiaspaul, 2002.

JAUBERT, A., *Lecture de l'évangile selon saint Jean*, (Cahiers Évangile 17), Paris, Cerf, 1976.

—, *Approches de l'évangile de Jean*, (Parole de Dieu), Paris, Seuil, 1976.

KIEFFER, R., *Le monde symbolique de saint Jean*, (Lectio Divina 137), Paris, Cerf, 1989.

LÉON-DUFOUR, X., *Lecture de l'évangile selon Jean*, tomes I-III, Paris, Seuil, 1987-1993.

MARCHADOUR, A., *L'évangile de Jean. Commentaire pastoral*, Paris – Outremont, Bayard/Centurion – Novalis, 1992.

—, *Les personnages dans l'évangile de Jean. Miroir pour une christologie narrative*, (Lire la Bible 139), Paris, Cerf, 2004.

MOLLAT, D., *Saint Jean, maître spirituel*, Paris, Beauchesne, 1976.

VAN DEN BUSSCHE, H., *Jean. Commentaire de l'évangile spirituel*, Bruges, Desclée de Brouwer, 1967.

ZEVINI, G., *Commentaire spirituel de l'évangile de Jean*, 2 vol., Paris/Montréal, Médiaspaul, 1995-1996.

ZUMSTEIN, J., *L'apprentissage de la foi. À la découverte de l'évangile de Jean et de ses lecteurs*, Poliez-le-Grand, Éditions du Moulin, 1993.

—, *L'Évangile de Jean*, (Commentaire du Nouveau Testament, 2e série, 1b), Genève, Labor et Fides, 2007.

TABLE DES MATIÈRES

Achevé d'imprimer
sur les presses de
Imprimerie H.L.N.
Imprimé au Canada - Printed in Canada